La casa de los diablos

Lucía Baquedano Azcona

Punto de Encuentro

everest

A mi madre. Una abuela maravillosa

Dirección Editorial
Raquel López Varela
Coordinación Editorial
Ana María García Alonso
Maquetación
Carmen Gutiérrez
Diseño de cubierta
David de Ramón
Ilustración de cubierta
Alberto Muñiz Sánchez

SÉPTIMA EDICIÓN

Carretera León-La Coruña, km 5 - LEÓN
ISBN: 978-84-241-5968-9
Depósito legal: LE. 992-2008
Printed in Spain - Impreso en España
EDITORIAL EVERGRÁFICAS, S. L.
Carretera León-La Coruña, km 5
LEÓN (España)
Atención al cliente: 902 123 400
www.everest.es

TERESA

Alguien me tomó en sus brazos y después me depositó en algún lugar. Un lugar muy extraño porque se movía. Pero no sentí curiosidad alguna. Mi única preocupación era el asunto de las gafas. De aquellas gafas con montura dorada que tenía incrustadas entre el ojo y la nariz.

—Las gafas..., las gafas... —dije bajito, porque algo me impedía alzar la voz. En realidad, creo que ese algo era únicamente desinterés.

A mi lado surgió entonces un hombre muy raro, que sólo tenía un ojo y medio bigote sobre su media boca. Mostraba, al sonreír, media dentadura.

—Calma, tranquila... sobre todo, no te muevas. Buscaremos tus gafas, no te preocupes.

Yo quise decirle que no eran mis gafas, sino aquellas otras que tenía clavadas entre el ojo y la nariz. Me hubiera gustado que me las sacaran de allí, porque me hacían muchísimo daño. Había tratado de quitármelas yo misma, pero cada vez que intentaba mover los brazos, alguien me los sujetaba: "Quieta, quieta, no te muevas".

—Las gafas... —repetí.

—Por ahí han encontrado unas gafas, pero están rotas —dijo una voz—. Las han guardado en la furgoneta con las demás cosas.

—Seguro que la herida del ojo se la ha hecho con las gafas —contestó el que sólo tenía medio bigote.

Haciendo un gran esfuerzo, conseguí girar la cabeza y, al hacerlo, a aquel hombre le brotaron otro ojo, otro medio bigote y una buena porción de dientes. Pero, lejos de tranquilizarme su buena presencia, sentí que me hundía, que caía en un pozo profundo, profundo...

No sé quién me sacó de él, pero me hubiera gustado que, ya que lo habían hecho, me hubieran quitado a la vez aquellas gafas que tanto me molestaban.

—Las gafas... —dije.

Alguien se acercó a mí y al mismo tiempo tuve la impresión de estar en una cama. ¿Quién me había metido en ella?

—¡Hola! ¿Cómo estás?

—Las gafas, las gafas... —repetí mi cantinela.

—¿No vas a decirme cómo te llamas? —preguntó ella. Y me pareció de poca consideración que lo hiciera. Que quisiera empezar con las presentaciones mientras yo sufría con las gafas.

—¿Cómo te llamas? —insistió.

¿Por qué no se daría cuenta de mi sufrimiento?

Me alegré cuando se fue, pero no tardó en volver y lo hizo acompañada de un hombre. Debía de ser el médico, porque llevaba bata blanca.

—Las gafas —le dije.

Y tuve suerte. Se sentó en la cama y me las quitó.

Me dolió un poco, pero fue un alivio.

—¿Qué ves aquí? —me preguntó. Y a la vez me tapó el otro ojo con la mano. Me pareció gracioso.

—Dos dedos —respondí. Y es que a él sí. A él le diría cuanto quisiera.

—¡Ah, eso está muy bien...! ¿De modo que quieres tus gafas? Un poco de paciencia, que pronto las tendrás. Se han roto, ¿sabes? Pero vamos a mandar que las arreglen. ¿Contenta?

No comprendí. Y todavía menos que aquel hombre que parecía tan bueno me hiciera a continuación una cosa tan horrible como volver a meterme las gafas entre el ojo y la nariz, a la vez que, el muy hipócrita, decía con voz cariñosa:

—Bien, mocita bien... Ya ha pasado todo... Ahora ¿no vas a decirme cómo te llamas?

Me sentó mal. De veras que me sentó mal que pareciera querer ser amigo y me volviera a meter las gafas en el agujero. Decidí no volver a dirigirle la palabra y miré fijamente al techo. Me alegré al sentir que estaba preocupado.

—María... ¿No te dice nada ese nombre?

Y casi sin querer asentí, porque me vino a la mente aquello que tantas veces había cantado de niña:

El nombre de María,
que cinco letras tiene...

—Oye, María... ¿Y del accidente, recuerdas algo?

Como no tenía ni idea de qué me hablaba, no respondí.

—Ayer tuviste un accidente cuando viajabas en el tren..., pero no te preocupes, ya irás recordando... Hemos llamado a tu familia: pronto estarán aquí contigo... ¿No te alegra?

¿Mi familia? ¡Pero si yo no tenía familia!

—Como no venga mi abuela... respondí hosca, haciendo alarde de mala educación.

—Precisamente es ella quien viene. ¿Tienes ganas de verla?

Me hubiera encantado, pero no quise decirle que no tenía abuela. Sentía dentro de mí una extraña tozudez.

No le diría una sola palabra, después de la faena que me había hecho incrustándome de nuevo las gafas en la cara.

Fingí quedarme dormida para que se fuera, pero no lo hizo. Se quedó susurrando algo con la enfermera.

Ellos creían que yo no oía, pero se les entendía todo.

Dijeron que me encontraba todavía bajo los efectos del shock pero que todo iba bien, y que seguramente para cuando llegara mi familia ya estaría completamente lúcida.

—Comienza a coordinar. Sabe que se llama María y, salvo su miopía, ve con el ojo herido.

Yo casi me echo a reír, porque ni era miope ni me llamaba María, y ellos allí, tan seguros... ¡Qué tontos!

Al quedarme nuevamente sola, decidí que yo misma me quitaría las gafas... Alcé con dificultad los brazos, y palpé mi cara.

¡Qué horror! No eran las gafas, sino un vendaje sujeto con esparadrapo. Además, mi ojo me aterró cuando lo palpé, metiendo los dedos por debajo de la venda.

Estaba hinchado. Tan hinchado que no lo podía abrir, ni siquiera podía parpadear sin hacer un gran esfuerzo.

Un accidente... Él me había dicho algo sobre un accidente. ¿Cuándo pudo haber sido? ¡Si no me costara tanto esfuerzo pensar!

Creo que volví a dormirme, y al despertar me encontraba mucho mejor. Al menos comprendía por qué las personas que me rodeaban eran sólo medias personas. Aquello se debía a que sólo miraba por un ojo, pero descubrí que, con volver un poco la cabeza, dejando al frente mi ojo hábil, todo volvía a ser normal.

A la tenue luz que brillaba sobre la cama miré mis manos y mis brazos llenos de manchas moradas. Pero no fueron aquellos aparatosos hematomas la causa de mi susto, sino que en la puerta hubiera dos policías hablando con el médico, y que no cesaran de mirarme...

Pero ¡si no había hecho nada!

—Todavía no ha llegado la familia, pero la esperamos en cualquier momento. Ya están en camino.

—Que se pongan en contacto con nosotros. Puro trámite, en realidad, ya que terminada la identificación de todos los viajeros, no parece haber ninguna duda —dijo uno de los policías.

¡Qué personas tan extraordinarias! Un hombre de aspecto tan digno se puso a curiosear sin ningún pudor dentro del bolso gris... ¿dónde había visto yo aquel bolso? Y leía documentos y papeles con el mayor descaro, haciendo comentarios con los otros acerca de una carta y asegurando que yo era María Zudaire, nacida en Buenos Aires, nacionalidad española, diecisiete años...

El ojo, la cabeza, las manos, los brazos, todo dejó de dolerme cuando sentí sus voces alejarse por el pasillo.

¡Aquello era un error! ¡Un terrible error! ¡Yo no era María!

Y me sentí presa de gran inquietud, porque yo era Teresa... Mira que si no me creyesen...

La enfermera entró y me sonrió. Decidí decírselo inmediatamente.

—Oiga, en el tren había otra chica...

—¿Alguna amiga? —preguntó con tono indiferente, pero creí ver inquietud en su mirada.

—Acabábamos de conocernos.

—No tuvo tanta suerte como tú. Murió en el acto.

—¿Muerta? —grité— ¿Está muerta? ¡Pero eso no puede ser!

Y me pareció tan absurdo y tan terrible a la vez, que rompí a llorar. Y lo hacía desesperadamente, con sacudidas nerviosas que hacían crujir los muelles de la cama.

La enfermera salió corriendo y volvió al momento acompañada por el médico. El mismo que me había curado el ojo.

—¿Por qué se lo ha dicho?

—Apenas se conocían. Además, creo que ha sido buena su reacción. Al fin podemos saber qué piensa, que hay algo que le duele más que la pérdida de sus dichosas gafas.

—¿Usted cree?

Y el hombre se sentó a mi lado en la cama, y acarició mis mejillas mojadas de llanto, y después posó su mano en mi frente calenturienta, y aquella muda caricia, la primera que recibía en mi vida, conmovió todo mi ser.

¡Qué dulce me pareció dormirme con aquella mano en mi frente! ¡Qué delicia si mi vida fuera así, si siempre hubiera a mi lado un ser que me consolara...! ¡Y qué bien, qué bueno sería también poder amar, tener a alguien a quien querer, como yo sabía hacerlo...!

Pero yo había muerto... Acababa de morir en un accidente, y lloraba mi soledad, mi propia muerte.

MARÍA

Salamanca, 25 de enero

Estimado José:

Siento mucho no poder despedirme personalmente de ti, pero mañana salgo de Salamanca y creo que será para siempre.

He encontrado trabajo en San Sebastián. Yo hubiera preferido seguir estudiando para ir a la Universidad, pero no va a ser posible. Como ya sabes, no tengo familia que pueda ayudarme y, pensándolo bien, me parece que tener un puesto de trabajo en estos momentos de paro es una gran suerte.

Creo que no volveremos a vernos, y lo siento, porque me hubiera gustado hablar contigo y que me animaras como siempre has sabido hacerlo, porque te confieso que estoy bastante asustada.

Quiero darte las gracias por tu constante ayuda, por las ecuaciones que me enseñaste a resolver, por las correcciones que hacías en mis trabajos de literatura y por los apuntes de filosofía que me prestabas.

Lo único que puedo reprocharte es que me hablaras tan poco de ti.

Al empezar a escribirte me he dado cuenta de que ni siquiera sé dónde vives. Por eso no sé si recibirás esta carta. He pensado llevársela al ordenanza de la biblioteca para que te la entregue.

Gracias por todo, y adiós.

TERESA

Villanueva de los Teobaldos, 2 de febrero

Estimado José:

No recibiste mi carta anterior, tampoco recibirás ésta y, sin embargo, algo me impulsó a escribirte, porque tengo necesidad de hablar, de contarle a alguien la pesadilla que estoy viviendo y, aunque tú no lo sabes, has sido el único amigo que he tenido.

No sé cómo empezar. A lo mejor debería hablarte de la foto de mis padres, de los sueños e ilusiones que siempre he alimentado dentro de mí, que me han formado tal como soy, y por lo que he llegado a este momento en que me siento tan desesperada.

Aquella foto me hacía feliz. Ella estaba recostada en la cerca, vestía pantalón de golf y jugueteaba con el bastón entre las manos, y él apoyaba la mano en el carrito con el resto de los palos. Sonreían los dos, y eso era lo que más me gustaba. Podía pasar horas mirándola.

Mis compañeras me envidiaban, porque tener una fotografía de los padres en un lugar donde nadie los había conocido era como tener un pasado.

Y el caso es que en el Albergue Juvenil no éramos desgraciadas. Se parecía tan poco a los orfanatos descritos por Dickens que incluso podríamos haber sido felices. Estaba dirigido por una mujer muy inteligente, que seguía las más avanzadas técnicas pedagógicas, y creo que no diferenciaría gran cosa de cualquier internado privado. La única excepción éramos nosotras.

¡Si hubiéramos recibido alguna vez la visita de una madre, un hermano, un abuelo! Pero ¿sabes lo triste que es no tener a nadie?

Dicen que todos los huérfanos hemos tenido siempre el mismo sueño. Un día, ante la puerta del colegio, pararía un coche. Un coche, por supuesto, elegantísimo, del que descendería un caballero y preguntaría por mí. Aquel hombre sería mi abuelo, el padre de mi madre, que llevaba muchos años buscándome sin descanso. Me diría lo feliz que se sentía al haberme recuperado, y me llevaría con él. El sueño de mis compañeras tenía ligeras variantes. El caballero podía ser el padre, un hermano, o tal vez la madre, pero siempre venía a ser lo mismo.

Pero pasado algún tiempo y como no se hubiera dado ningún precedente así en el colegio, porque jamás apareció un padre, un tío o un abuelo en busca de ninguna niña, olvidé mis sueños, convenciéndome a mí misma de que tan sólo yo podría ayudarme en la vida.

Te he dicho que olvidé mis sueños, pero tuve aquella debilidad: la foto.

La encontré en la Biblioteca Municipal, entre las páginas de los *Pasos* de Lope de Rueda, que me habían mandado leer en el colegio, y no sé qué sentí ante aquellos dos rostros que parecían irradiar felicidad, pero lo cierto es que dediqué mucho más tiempo a contemplar aquella foto, que alguna persona dejó como señal en el libro, y que luego sin duda olvidó retirarla, que a la Carátula, al Convidado y Las Aceitunas, y que además continué pidiendo cada tarde el mismo libro, aún después de haberlo terminado, y lo hacía con miedo, siempre con el temor de que otro lector se me hubiera adelantado, o de que tal vez la foto hubiera desaparecido.

Hasta que un día la cogí. Aproveché un momento en que nadie podía verme para ocultarla en el libro de francés.

¿Por qué lo hice, José? ¿Y por qué a partir de ese día comencé a sentirme más feliz y segura de mí misma, si todo era mentira?

Todavía recuerdo, incluso me parece volver a sentir, el temblor de mis piernas al abandonar la biblioteca, la precipitación con que devolví el libro, y las dos o tres veces que volví la cabeza, temerosa de que alguien me hubiera visto robar la foto y me siguiera para reclamármela.

Me parece que hasta hoy no lo he sabido, cuando me he visto en esta casa, cuando me he dado cuenta de la barbaridad que he vuelto a cometer, lo he comprendido todo.

Puedo resignarme a no ser amada, pero nunca he podido renunciar a amar, a querer a alguien, y yo no tengo a nadie, José, ¡a nadie! Ya ni siquiera me queda la foto, frente a la que yo sentía la ilusión de que era a mí a quien sonreían, aunque supiera que no, que no eran mis padres.

Tengo mucho miedo. Cada vez que oigo pasos en la escalera pienso que alguien va a entrar en mi habitación a decirme que lo ha descubierto todo.

Tendré que apagar la luz. Es ya muy tarde, pero no puedo dormir.

¿Te sorprendería saber lo mucho que te echo en falta?

Villanueva de los Teobaldos, 4 de febrero

Estimado José:

A ti también te conocí en la biblioteca. Yo solía entrar a estudiar, para llenar aquel espacio de tiempo que quedaba entre la salida de la academia y la llegada del autobús que me devolvía a casa.

Creo que hacía algún tiempo que coincidíamos en la misma mesa pero nunca me había fijado en ti, hasta el día que me miraste cuando rompía por tercera o cuarta vez una hoja de mi cuaderno. De momento, pensé que mi inquietud te había distraído, y estuve a punto de disculparme. Lo hubiera hecho si no llegas a sonreírme.

—¿No te sale? —dijiste en voz baja.

Y con la cabeza respondí que no, porque yo nunca fui buena en matemáticas, y las equis, paréntesis y fracciones de las ecuaciones eran todo un enigma para mí.

—¿Intentamos resolverlo juntos?

Yo me encogí de hombros. Te confieso que no quería. Me avergonzaba de que alguien descubriera mi ineptitud, mi ignorancia matemática.

Pero tú no lo debiste de notar, ya que te sentaste a mi lado y empezaste a explicarme el problema en voz muy baja, porque los demás lectores nos siseaban para hacernos callar.

¡Qué bien lo hiciste! Todos aquellos números y signos comenzaron a ordenarse ante mis ojos y tomaron un sentido tan claro que me sentí asombrada de no haber podido resolverlo antes.

Te di las gracias con cierto aturdimiento, ¿te acuerdas? Ni yo misma podía imaginar entonces la huella que dejaría en mí aquel día, porque salí de la biblioteca con una inquietud desconocida, con un insaciable deseo de saber, de estudiar, de entender y, sobre todo, de preguntar. Y comencé a hacerlo en la academia donde antes no me atrevía a levantar la voz. Incluso me brindaba a salir a la pizarra, cosa impensable hacía todavía poco tiempo.

Solías saludarme con la mano si nos tocaba en mesas separadas, y te sentabas a mi lado si la silla contigua estaba vacía. Me acompañabas hasta la puerta, porque yo solía salir antes que tú, pero más adelante venías conmigo hasta la parada del autobús. Así supe que estabas terminando las carreras de Pedagogía y Psicología. Recuerdo que me impresionó cuando me lo dijiste, porque aunque eras mayor que yo, me parecías muy joven para tener dos carreras.

¡Ah, aquellos paseos contigo son lo mejor que recuerdo!

Tú habrás olvidado ya el último día que nos vimos.

Me explicabas el modo de hacer un trabajo de literatura, sentados los dos en un banco del paseo, y de pronto te interrumpiste para mirarme.

—¿En qué piensas?

—¿Yo? En nada...

—Estás distraída. No has escuchado nada de lo que te he dicho.

Yo sí te escuchaba, José. Lo que ocurría es que acababa de darme cuenta de que tenías los ojos castaños y un hoyito en la barbilla, y estaba un poco sorprendida de no haberlo descubierto antes, pero claro, ¿cómo iba a decírtelo? Y entonces te conté todo aquello del profesor de francés, que siempre usaba peluquín y que aquel día olvidó ponérselo, dejándonos a todos de piedra. Unos se reían y los demás no nos atrevíamos ni a mirarle. Además, no parecía el mismo.

Pero mientras hablaba, no podía dejar de mirar tu hoyuelo, que se marcaba más profundamente cuando te reías, haciendo que yo me sintiera feliz, no sé por qué, y también que sintiera un cierto desasosiego al subir a mi autobús, al separarme de ti, después de haber descubierto que había en ti algo más que un almacén de matemáticas y riqueza literaria, porque también tenías los ojos castaños y un hoyito en la barbilla.

Me sentía feliz cuando entré en casa, y pensé que el vestíbulo resultaba agradable con su olor a limpio, que la barandilla de hierro forjado era bellísima y que la señorita Adriana, la directora, debió de haber sido muy guapa de joven. Además de simpática, claro, porque sonrió al verme y me dijo que me estaba esperando. Me estaba esperando... ¿por qué precisamente aquel día?

Yo no se lo pregunté y, además, tampoco hubiera sido necesario, porque se veía que ardía en deseos de decírmelo ella misma. Me condujo a su salita, un lugar donde yo nunca había estado. Me hizo sentar frente a ella, junto a una mesa camilla vestida de cretona. Me gustó. Yo nunca había entrado en una casa, en una casa particular, quiero decir, y pensé que debía de ser algo así.

—Tengo una buena noticia para ti. Vas a empezar a trabajar.

Y aquella noticia, que hubiera sido la ilusión de cualquiera de mis compañeras, me llenó de zozobra.

Yo hubiera querido seguir estudiando, imitarte a ti, sentir el mismo entusiasmo que tú por los libros, porque últimamente las cosas no me resultaban difíciles.

—Ya sé que estás contenta en el colegio, que no eres de las que tienen prisa por dejarnos y también a mí me hubiera gustado tenerte algún tiempo más con nosotros, pero se ha presentado una ocasión tan estupenda que sería una locura desdeñarla.

Sí, era verdad. Cualquier chica del colegio se hubiera sentido muy dichosa de encontrar trabajo, con lo difícil que era conseguirlo, pero sobre todo por el hecho de salir de allí, de no vivir en una residencia de huérfanas.

—Trabajarás en la oficina de otro de los colegios del Patronato. La señorita que ocupaba este puesto se ha casado y hemos pensado cubrir su plaza con una de nuestras chicas.

Debió de sorprenderle mi poco entusiasmo, porque me miró con curiosidad.

—¿Tienes miedo?

Asentí.

—Lo comprendo. Pero piensa que hasta tu mayoría de edad estarás bajo nuestra tutoría, que nunca va a faltarte nuestra ayuda, pero serás más libre. ¿No te ilusiona esto? ¡Has tenido tanta suerte! Pero no voy a ocultarte que la has merecido, porque no he sido sólo yo quien te ha elegido. A mí me gusta tu sencillez, tu simpatía, tu sentido de la responsabilidad, y otra cosa, que yo llamaría clase. Pero además de todo esto, he hablado con los profesores de la academia y me han dicho que, del grupo de nuestro colegio, tú eres la mejor preparada y la que más interés pone en todas las materias. Dicen que últimamente te has superado a ti misma.

—¡Me hubiera gustado tanto seguir estudiando! —dije con una voz tan triste, que la señorita Adriana me miró sorprendida.

—No lo sabía... ¿Te refieres a una carrera universitaria?

—Sí.

Me dijo que también eso podría hacerlo. Que había muchas personas que lograban compaginar el trabajo y el estudio y me animó a hacerlo yo también, pero no logró levantar mi ánimo.

—Mañana saldremos juntas para comprarte ropa. Eres ya una señorita y conviene que empieces tu nueva vida dignamente vestida, ¿verdad? —dijo con animación.

Tuvo que pensar que mi corazón era como una piedra, porque ni siquiera le di las gracias, y eso que yo quería hacerlo, decirle que estaba contenta de que me hubiera elegido a mí, que lo haría lo mejor posible, que me ilusionaban los vestidos nuevos... pero no pude.

Sólo era capaz de pensar que ya nunca iría a la biblioteca, que no podía despedirme de ti, que jamás volvería a ver tus ojos castaños ni el hoyito de tu barbilla, porque, aunque traté de mandarte una carta, no lo conseguí, ya que cuando al fin, terminadas las compras, pedí permiso para salir, la biblioteca estaba cerrada.

Si supieras, José, lo triste que me he quedado sin ti.

Villanueva de los Teobaldos, 5 de febrero

Estimado José:

Llevo aquí tres días, pero me parecen tres años. ¡Qué largo se hace el tiempo cuando una se siente desdichada! Vuelvo la vista atrás y envidio a aquella chica asustada que tomó el tren hacia su nuevo destino.

Todo mi equipaje entraba holgadamente en un bolso de deporte de tela plastificada azul. Tenía también un billetero rojo, regalo de la señorita Adriana, y una bolsa con bocadillos.

La directora me había dejado instalada en el tren, haciéndome un sinfín de recomendaciones: que no bajara sin necesidad, que no me fiara de personas desconocidas y que la telefoneara tan pronto llegara a San Sebastián.

Tenía dieciséis años, me enfrentaba por primera vez al mundo y sentía profundamente mi soledad cuando me senté con el bolso sobre las rodillas.

Si al menos hubiera podido dejarte la carta…

Cuando ya el tren arrancaba, una chica cruzó el pasillo. Vestía vaqueros, y por el hombro, de cualquier modo, sostenía una cazadora roja y un bolso de cuero gris, y no sé por qué la envidié. Quizá fue su desenvoltura, o eso que las chicas llamamos estilo, lo que hizo que me fijara en ella. Tal vez sólo fue el hecho de verla tan diferente a mí, que ni siquiera me atrevía a soltar el bolso temiendo perderlo, a correr la cortinilla que me impedía ver el paisaje, ni a cruzar las piernas, por miedo a rozar al señor que se sentaba a mi lado.

Cerré los ojos y me así como última esperanza a la idea de estudiar. La señorita Adriana me había vuelto a animar para que lo hiciera. Incluso me había hablado de empezar en octubre, que ya estaría centrada y organizada mi nueva vida. Y por primera vez sonreí, imaginándome con una carpeta bajo el brazo entrando en un aula. Y me veía vestida con gastados vaqueros y echada al hombro, con cierto descuido, una cazadora de loneta roja.

Era ya de noche cuando mirando a uno y otro lado, y con cierto temor de que alguien me llamara la atención, saqué uno de los bocadillos. La señorita Adriana me había dicho que podía ir al vagón restaurante a tomar café, pero dudé antes de hacerlo. Temía no saber llegar a él, y sobre todo no saber volver a mi asiento, y tampoco me atrevía a preguntar a nadie por dónde se iba, lo que hizo que me sintiera más triste e inútil todavía, y ya estaba renunciando al café cuando pensé que era ése el momento en que tenía que empezar a sobreponerme a mi propia incapacidad.

Me puse en pie con determinación, todavía dudé sobre si llevarme o no el bolso, y al fin lo dejé sobre el asiento. Así con firmeza mi nuevo billetero rojo y avancé por el pasillo dispuesta a atravesar vagones, en busca de mi primer café de mujer independiente.

Mi aventura resultó tan fácil que me reí recordando mi miedo mientras, sentada frente a la taza, meditaba en si, después de todo, las cosas no serían más sencillas de lo que yo había imaginado.

—¿Vos viajás sola? —preguntó de pronto una voz sobre mi hombro.

Me volví y me encontré frente a frente con la chica de la cazadora roja. Asentí a su pregunta y procuré sonreír. Vista de cerca todavía resultaba más atractiva e interesante.

—¿Me dejás que me siente a tu mesa?

Su acento era sudamericano, y me halagó que buscara mi compañía. Volví a admirarla porque yo jamás me hubiera atrevido a acercarme a ella.

Pidió una taza de té y mientras lo tomaba me dijo que se había fijado en mí al subir al tren y que, puesto que las dos estábamos solas, había pensado en que tal vez no me disgustara su compañía.

—Claro que sí.

Me miró sonriente a través de sus gafas de finísima montura dorada. Dijo que se llamaba María; concluiría el viaje antes que yo, ya que se apearía en Villanueva de los Teobaldos, el pueblo de su abuela.

—Yo voy a San Sebastián. Voy a empezar a trabajar allí.

—¿A San Sebastián? ¿Donde los festivales de cine? Me gustaría tanto ser actriz... ¿A vos no? Yo tomaba lecciones de arte dramático en Buenos Aires, pero tuve que dejarlo cuando mamá quiso venir a España.

—¿A tu madre no le gusta? En España también hay escuelas de arte dramático. A lo mejor, puedes convencerla y seguir aquí.

—Mi mamá murió.

Me quede cortada, sin saber qué responder.

—La mía también —dije, por decir algo—. Y mi padre. Tampoco tengo padre.

—Entonces sos huérfana como yo. A mi papá ni siquiera lo recuerdo porque estaban divorciados, y ahora, ¿sabés?, voy a vivir con mi abuelita y tampoco a ella la conozco, porque es la madre de mi padre. Hasta hace poco yo no sabía que tenía una abuela, ¿no es raro? Cuando mamá enfermó, me hizo prometer que me pondría en contacto con papá si ella moría. En cuanto me quedé sola le escribí, pero también él había muerto.

—¿Y tu madre no lo sabía?

—No. No tenían contacto. Mi pobre mamá se pasó la vida temiendo que él me reclamara. Sin embargo, cuando enfermó se empeñó en volver a España para que yo fuera junto a él. Mamá fue actriz... Ganó muchos premios de interpretación teatral en Argentina.

Una lágrima brillaba entre sus pestañas rubias, y yo me sentí avergonzada al descubrirla, como si hubiera profanado su intimidad. Sin saber qué decir, convertí el papel del azucarillo en un cuadrado, después de un triángulo y, finalmente, en un sombrero. Se me rompió cuando trataba de transformarlo en un barquito.

—Yo le escribí porque se lo había prometido a mamá, no podía hacer otra cosa, pero resultó que mi papá también había muerto, aunque me escribió la abuelita. Quiere que me reúna con ella.

—¿No eres muy feliz? —pregunté impulsivamente.

Y es que, José, aquella chica acababa de contarme mi historia. La historia tantas veces soñada en la soledad del asilo, y lo había hecho con naturalidad, como si el encontrarse una abuela fuera cosa que ocurriera todos los días.

—¡No sabes lo infeliz que me siento! ¿No entendés que jamás nos vimos? La abuelita y yo no tenemos nada en común.

La verdad es que yo no había pensado en aquello, pero María había vivido siempre con su madre. Sabía de afectos.

—Quisiera volver a Buenos Aires y acabar mi carrera.

—Podrás seguir estudiando aquí, junto a tu abuela.

—¡Oh, no! Vos no te imaginás qué lugar es Villanueva de los Teobaldos, ni qué mujer es mi abuela... En su carta se adivina cómo será mi vida a su lado. Nunca consentirá en que yo sea actriz, lo sé. Sólo soñará con que me licencie en alguna carrera tradicional, de las que siempre han estudiado las mujeres... Villanueva es un pueblito agrícola, y la abuela dice que la familia siempre se ha cuidado de sus plantaciones de frutales, y además tiene una fábrica de conservas... ¿Pensás que en un ambiente así accederá a que yo me dedique al teatro?

Aquello no encajaba en mi sueño, ya que en él jamás se había presentado ningún problema de este tipo.

Debía de ser porque el sueño terminaba siempre en el momento del encuentro.

Pero la envidiaba, envidiaba todo aquello que ella rechazaba. Vida tranquila, posibilidad de estudiar y, sobre todo, cariño.

—Yo no le gustaré. No le gustaré, lo sé, porque quiero hacer mi vida. No me veo a mí misma cuidando viejitas.

Pensé que la vida tenía sus ironías. Allí estaba María, suspirando por la libertad que yo tenía y que tanto me asustaba, desdeñando lo que yo hubiera dado cualquier cosa por tener.

—Si tanto te disgusta, ¿por qué vas?

—No me queda más remedio. Soy menor de edad, y ella, mi único pariente, me reclama. El abogado de mamá me lo dijo así.

¡Qué suerte! Tiene que ser estupendo que alguien te reclame. Y yo la admiraba, como habían admirado la foto de mis padres todas mis compañeras que no tenían a nadie.

La voz de María me arrancó de mi ensueño. Quería saber el número de mi litera.

—No tengo.

—¿No te importa dormir en mi apartamento?

Tengo dos literas porque no los había individuales y me disgustaba dormir con una persona desconocida, así que compré los dos boletos.

Acepté. Aquella frase suya de "compré los dos boletos", me hacía admirarla de nuevo. Tomaba con naturalidad sus decisiones, como quien está acostumbrado a hacerlo habitualmente. Sabía qué hacer en todo momento. Te diría que sabía vivir. Era imposible que su abuela no la quisiera. Tenía que quererla, y estaba segura de que sería dichosa a su lado. Me parecía una chica predestinada a la felicidad.

—Oíme, ¿cuánto hace que vos no tenés padres?

—Ni siquiera los recuerdo, pero tengo su fotografía.

—¿Me la mostrás?

Abrí mi nuevo billetero rojo por el portafotos y lo alcé hasta la litera superior, donde María ya se había acostado.

—Tenés los ojos de tu mamá, pero no te parecés en nada a tu papá. ¿Querés pasarme mi cartera para que te muestre la foto de mi mamá?

Y fue entonces, cuando ella tenía todavía en sus manos mi billetero, y yo su bolso gris, cuando ocurrió todo.

No puedo describirte aquel horror. Sólo sé que se oyó un espantoso estruendo y que la pared del tren comenzó a abombarse tras las literas. De lo que sucedió me queda un solo recuerdo: las gafas de María. Se acercaban a mí como en una pesadilla, y al fin hicieron impacto junto a mi nariz, mientras ella pasaba a mi lado en veloz trayectoria y se estrellaba junto a la puerta del departamento, que se iba convirtiendo en un montón de hierros retorcidos.

Después, nada. Un vacío absoluto del que me sacó mi propia voz quejumbrosa, que decía:

—Las gafas... Las gafas...

Fue espantoso. Y después la soledad de mi despertar en el hospital y mi llegada a esta casa...

¡Esta casa de locos!

Creo que todos los grifos, que todavía no sé cuántos son, pierden agua. Y el goteo continuo, clic, cloc, clic, cloc, acompaña mi noche sin sueño, y me recuerda que, pese a todo, continúo sola.

Villanueva de los Teobaldos, 6 de febrero

Estimado José:

Si aquel médico del hospital no hubiera sido compasivo conmigo, dejándome entrever unos segundos lo que era el cariño. Si alguien hubiera ido a ocupar la silla vacía que había junto a mi cama… Si una persona me hubiera visitado haciéndome olvidar mi abandono, yo no estaría hoy aquí. Aunque ahora mismo, mientras te escribo, acabo de pensar que habría bastado con que ella fuera diferente.

Estaba a mi lado cuando me desperté a la mañana siguiente del accidente, y me causó un ligero sobresalto verla al abrir mi ojo útil.

Vestía un traje de chaqueta negro y blusa gris, y cruzaba las manos sobre su falda. Tuve la impresión de que tenía que ser muy alta cuando se pusiera de pie.

¿Quién era, y cuánto tiempo hacía que velaba a mi lado?

Vi sus ojos azules cuando los fijó en mí y, al verme despierta, cogió mis manos entre las suyas. Sólo dijo:

—Soy tu abuela, María.

Nada de lágrimas ni besos y abrazos emocionados.

Pero en aquella serenidad hubo algo reconfortante.

No se ajustaba a la imagen que yo tenía de una abuela, a la que siempre había imaginado pequeñita, algo encorvada y con el cabello blanco. Debía de ser su espalda erguida, su elevada estatura, lo que la hacía diferente y, sobre todo, su mirada, que tenía un no sé qué, sumiso y enigmático a la vez, y sus manos, que sostenían con firmeza las mías...

Un momento más... sólo un momento... ¿Estaba mal que yo quisiera disfrutar de su muda caricia sólo un minuto antes de hablar?

Pero fue ella quien habló y, cuando lo hizo, supe que yo no lo haría.

—Llegaremos a querernos —dijo.

Y sus palabras me conmovieron tanto que me eché a llorar y, aunque lo hice en silencio, ella vio mis lágrimas y las secó con una esquinita de la sábana, con suavidad, sin querer dañarme el ojo herido, y continuó junto a mí hasta que el médico la hizo salir porque alguien quería hablar con ella.

Fue así de sencillo. Me limité a callar, firmemente decidida a seguir junto a aquella agradable señora, convencida de que a su lado podría tener lo que siempre había deseado: un hogar, posibilidad de seguir estudiando y, sobre todo, ese afecto que ella estaba tan segura de que llegaríamos a tenernos.

Y así fue como unos días más tarde, luciendo un vestido de cuadros escoceses que la enfermera se había ocupado de comprar, salí del hospital. Ante mis ojos se asentaban unas gafas de fina montura dorada con las que no veía nada, pero que el médico me había colocado en son de triunfo, convencido de que me eran imprescindibles, ya que había sido lo único que había pedido al recobrar el conocimiento.

—¿Ves ahora el mundo con más claridad? —me dijo con un tono cariñoso.

Y yo contesté que sí. La vida tenía ironías así de grandes.

Me acomodaron en el coche que conducía un hombre a quien ella me presentó como Julián Arribas.

—Lo conocerás bien, porque es nuestro hombre de confianza. En sus manos están nuestros asuntos desde que murió tu padre. No sé qué hubiéramos hecho sin él. Bien, hija, ahora, a casita. No estamos lejos, pero si te cansas no tienes más que decirlo y haremos un alto en el viaje. Incluso podemos dormir en el camino, si lo prefieres. Después de todo, si Fernanda ha podido arreglarse cuatro días sin mí, tendrá valor para soportar uno más, ¿no te parece?

Me pregunté quién sería Fernanda, porque la nombraba continuamente y parecía sentirse muy unida a ella.

—No sé qué sería una casa como la nuestra sin la ayuda de Fernanda... Ella dice que debía contratar una chica joven. Pero las jóvenes de ahora ya no quieren servir, así que imagínate en una casa como la nuestra, donde les aguarda tanto trajín. Prefieren ir a la fábrica, porque tienen más libertad. Y créeme que las comprendo. Ocho horas de trabajo y después, a vivir.

"Una casa como la nuestra". Me llamó la atención esa frase porque la decía muchas veces, y me pregunté qué grandes trabajos podía haber en el hogar de dos ancianas, para que las chicas jóvenes se asustaran y prefirieran ir a la fábrica.

Comenzaba a anochecer cuando llegamos a Villanueva de los Teobaldos, el villorrio tan temido por María, y donde yo pensaba pasar el resto de mi vida, precisamente en aquella casa ante la que se detuvo el coche, y que se me brindó acogedora. Tenía una verja delante y, más bien una terraza que un jardín, porque el suelo estaba enlosado.

—¡Virgen del Villar! ¡Ya están aquí! —se oyó una voz. Y al momento se abrió la puerta, y tras la niebla de mis gafas pude ver a una mujer de unos setenta años, despeinada y con un gran mandilón—. ¡Bienvenida a casa! —gritó con voz de sincera alegría—. Pero, ¿se da usted cuenta, señora? Esta niña no puede negar que es hija del señorito Joaquín.

—Pero tiene mis ojos, Fernanda.

—Eso sí que es verdad... Señor, Señor, y qué estropicio tiene la pobre criatura en la cara... ¿Cree que se le quedará bien? Porque mire que la Prisci, la pequeña de la lechera, ya no es la misma desde el accidente...

—Por Dios, Fernanda, ¿cómo puedes decir eso? ¡Y deja de mirarla así! ¿No ves que está aturdida? Gracias tenemos que dar a Dios porque sólo ha sido un golpe. En unos días ya lo habremos olvidado ¿Y cómo van las cosas por aquí?

Fernanda me olvidó al momento. Contó que medio pueblo había desfilado por la casa preguntando por mí.

Habló de lo cansada que estaba, tanto abrir la puerta, tanto atender al teléfono, decir que no, que todavía no habían llegado, pero que había hablado por teléfono con la señora y que la señorita María estaba fuera de todo cuidado, y todo eso con los cuatro diablos danzando a su alrededor, apareciendo donde menos se esperaba, casi siempre entre sus piernas, sin dejarle trajinar y haciendo de las suyas, porque para eso sí que eran bien listos.

¿Comprenderás si te digo que esperaba despertar de un momento a otro? Yo había vivido aquellos días como en un sueño, y me parecía que había llegado el momento de que amaneciera. Aquel sueño, como todos los míos, se iba degradando y pronto pasaría a ser pesadilla. Comenzó con la aparición de una tierna abuelita junto a mi cama, y ahora hablaban de diablos con la mayor naturalidad del mundo.

Me senté en una esquinita del sofá, me quité las gafas y froté mis castigados ojos. Miré aquello que veía por primera vez fuera de la pantalla del cine: el cuarto de estar de una casa familiar.

No. Aquello no era lo que esperaba. No cuadraba a una mujer como la que me había traído.

Los muebles, pesados y antiguos, no carecían de encanto, pero había detalles francamente inesperados.

Por ejemplo, el triciclo. Un triciclo de niño, rojo, que remolcaba por medio de un cinturón elástico amarillo una caja de cartón llena de piedras, y ésta, a su vez, un cazo con agua sucia.

Sobre la mesa, un librito de oraciones, de tapas negras, medio cerrado. Y digo medio cerrado porque entre sus páginas habían puesto como señal una media enrollada, con liga y todo.

En la pared, junto a un retrato al óleo, se exhibía el dibujo de una casita con la chimenea torcida, hecho con lápices de cera y fijado con cuatro chinchetas, y el cordón de las cortinas parecía ahorcar a uno de esos hombrecitos de plástico vestido de astronauta con los que ahora juegan los niños.

Miré a las dos mujeres, y te confieso que lo hice con cierta prevención, con miedo, preguntándome si no estarían algo locas. Pero los ojos de la abuela me miraban con aquella expresión que me cautivó en el hospital, y no supe qué pensar.

"La loca de Fernanda" me dije a mí misma, aunque me costaba imaginarla montada en el triciclo y arrastrando tras de sí la caja de piedras y el cazo con agua—. Pero si tampoco es ella... puede que la loca sea yo que, después de todo, puede que el accidente no me haya dejado tan indemne como yo creía...

Intranquila, alcé los ojos al techo.

No debí hacerlo, porque allí encontré, casi no podía creerlo, un puñado de lentejas pegadas a él, como si alguien, en un momento de ira o jolgorio, hubiese lanzado una cucharada colmada de ellas.

¡Zas! Algo hizo entonces impacto en mi cabeza, una cosa dura y pequeña, que, más que daño, me produjo terror, dada la tensión del momento.

—Pero, ¿lo ve usted, señora? ¿Lo ve? ¡Ya están aquí esos diablos!

Yo grité. Di un alarido que hubiera despertado a un muerto. Podía resistir la presencia de las lentejas en el techo, la locura de Fernanda, pero que aparecieran los diablos era ya demasiado para mí.

Demasiado o no, lo cierto es que aparecieron, Yo misma atrapé a uno que se escondía bajo el sofá. Lo saqué asiéndolo por los pies calzados con deportivas rojas. Era un chico de unos nueve o diez años, moreno, con pecas, y que soplaba con auténtica furia por un pedazo de caña, del que brotaban garbanzos duros como piedras.

Tardé en reponerme de la sorpresa, porque uno a uno, aunque por propia voluntad, fueron saliendo otros tres niños, sin que su presencia produjera en las mujeres la menor sorpresa.

—¡No cambiarán jamás! —dijo la abuela con voz alegre, repartiendo besos y cachetes a partes iguales—. ¿Creéis que esta es la bienvenida que merece María? ¿Es que no pensáis darle un beso?

Se veía a las claras que lo de darme un beso estaba muy lejos de la intención de los chicos. Sonreí, tratando de disculpar el desaire.

—¿Quiénes... quiénes son? —pregunté.

—¿Quiénes son? —la abuela parecía sorprendida—. Tus hermanos.

Mi cara debió de reflejar la sorpresa que sentía.

—¿Es que no te dije en mi carta que tu padre había vuelto a casarse?

—No lo recuerdo —musité.

Y nos quedamos mirándonos en un silencio que tenía algo de penoso. Lo interrumpió el diablo grande. El chico mayor, quiero decir.

—Y para que te enteres, yo no pienso quererte nunca. No me gustas, y además no me creo que seas mi hermana.

En sus ojos había una hostilidad que no puedo olvidar. De nada sirvió que la abuela le reprendiera, que me dijera que a las cosas de niños no hay que hacerles caso, porque hoy son amigos y mañana no, que Andrés es rebelde pero noble y que, cuando lo conozca bien, no podré dejar de quererle, y que ya iba siendo hora de que nos sentásemos a cenar.

Dije que prefería irme a la cama. La sola idea de quedarme un minuto más allí me asustaba.

Subí la escalera, corriendo tras la mujer que creía ser mi abuela, conteniendo las ganas de llorar, completamente despierta y destrozado mi hermoso sueño. Demasiado tarde me daba cuenta de la magnitud de mi locura.

—¿Qué he hecho? ¿Qué he hecho? —suspiré al quedarme sola.

Es la pregunta que me vengo haciendo y no termino de explicarme mi actitud. Me sentía muy sola en el hospital, pero completamente lúcida. Siempre deseé tener una familia, pero jamás pasó por mi imaginación el robarla... ¿Por qué lo hice?

No encuentro respuesta ahora, José. Lo veo todo tan oscuro como las ecuaciones antes de que tú me las explicaras, y al fin, como respuesta, veo surgir a esta abuela, tal como la vi sentada en la silla del hospital, con ese aspecto suyo, tan de madre, que me impulsó a querer seguir a su lado, a conseguir su protección y su cariño.

Pero tengo que hacer algo. No puedo seguir así, viviendo en una casa que no me pertenece, engañando a estas pobres mujeres, y con unos niños tan horribles.

Creo que si no resuelvo mi situación, acabarán volviéndome loca.

Quizás esto, perder el juicio, sería la única solución.

Y, sin embargo, cuando pienso en ti, quiero seguir viviendo, ser una chica normal, aunque nunca vuelva a verte.

Los Teobaldos, 10 de febrero

Estimado José:

Una vez me dijiste que tenías seis hermanos, pero no recuerdo si algunos de ellos eran niños pequeños. Si es así, podrás comprenderme cuando te digo que los cuatro de aquí son para volver loca a cualquiera. Yo nunca he tratado a chiquillos, y quizás ésa es la causa de que no me gusten. O tal vez me irrite la decepción de tener que compartir con ellos el cariño que yo soñaba para mí sola. En mis sueños no había hermanos y jamás he sabido qué clase de cariño se les puede tener.

Si al menos fueran más dóciles o niñas, que siempre son más modosas, nuestra convivencia sería soportable, pero es que no hay epíteto que les cuadre mejor que el que les da Fernanda: diablos.

Como yo estoy acostumbrada a la disciplina de un colegio, me asusta esta falta de orden. Las dos mujeres son incapaces de controlarlos y ellos se aprovechan miserablemente de la situación. Cada día tenemos que soportar las rabietas que nos ocasionan a la hora de las comidas. Te aseguro que en esta casa se come a la carta, porque los cuatros tiranos están horriblemente educados en este aspecto y, aunque te parezca mentira, hay días que se cocina un menú diferente para cada uno.

—¡Yo pollo!

—¡Yo filete empanado!

—¡A mí me gusta la sopa!

—¡Quiero fritos!

Y su abuela consiente todo esto con resignada pasividad, lo mismo que el que vean cualquier programa de televisión y que les den las tantas de la noche correteando por la casa.

—Tengo demasiados años —me acaba de decir—. Por algo Dios da los hijos cuando uno es joven…

Y después se ha puesto a recoger pacientemente bolitas de papel mordido, huesos de aceitunas y piezas de juegos de construcción de innumerables colores, porque ellos jamás ordenan sus juguetes.

A mí me duele verla hecha una esclava de los críos, porque te aseguro que se hace querer. Su carácter es como yo lo imaginaba, y creo que podríamos ser felices si no fuera por la presencia de los diablos esos.

José, no soy feliz. Creo que siento celos, porque ella, a pesar de ser tan insoportables, les quiere muchísimo. Ha vivido siempre con ellos, y yo acabo de entrar en su vida. Es imposible que llegue a quererme igual que a esos otros nietos, y me da muchísima rabia.

Los Teobaldos, 12 de febrero

Estimado José:

Cada día que pasa aumenta mi perplejidad. Los niños van al colegio únicamente cuando quieren y jamás tienen cuadernos, lápices ni sacapuntas. Nunca saben dónde tienen los libros, y el día que deciden ir a clase tienen que pasar antes por la librería a reponer el material escolar.

Lo de hoy no sé si podrás creerlo: acabo de oír decir a Fernanda que hace días que David lleva dos zapatos diferentes porque no encuentra el otro.

Su abuela acepta este caos familiar con una serenidad asombrosa. Nada parece sorprenderle. Todo es natural en esta casa.

Además, no les gusto. Cuando me voy a la cama, abren mil veces la puerta de mi habitación para gritarme ¡Uuhh, uuhh!, o simplemente para después echar a correr riéndose a carcajadas. A veces, me tiran bolitas de papel con sus tirabeques.

La abuela se enfada con ellos cuando me molestan.

Creo que es lo único que no les perdona, aunque termina siempre excusándoles, diciendo que lo que hacen es propio de niños y que tal vez no los ha educado muy bien. Insiste en que son cariñosos y me quieren, pero yo encuentro muy singular su forma de demostrar ese cariño.

Me duele más que nada porque estoy segura de que sin ellos, la vida en esta casa sería estupenda y la abuela me querría más.

No me atrevo a salir de casa porque no veo nada, y las dos mujeres me riñen cuando me quito las gafas.

Creen que es por coquetería, y dicen que mi padre era muy corto de vista, y no sé qué de dos ojos para toda la vida.

Pero entre los niños y las gafas…

No es esto, no es esto lo que yo esperaba.

Los Teobaldos, 13 de febrero

Estimado José:

Hoy el teléfono ha aparecido pintado de color amarillo canario. Pues bien, ¿crees que ello ha causado la menor sorpresa? Parece como si fuera la cosa más natural del mundo. Como el hecho de que haya pasado la vecina de al lado a decir que le han atado unas con otras las mangas de cinco o seis camisas que tenía colgadas en el tendedero y que luego ha tenido que desanudarlas. Me lo ha dicho a mí, y te aseguro que en la vida he pasado mayor vergüenza. Yo hubiera preferido que la abuela no se enterara para que no se disgustara, pero como Fernanda lo ha oído, he ido a contárselo.

Pues bien, pásmate. Ha contestado que lo que diga Camino, que es la vecina, le entra por un oído y le sale por el otro. Yo casi no podía creerlo.

Sin embargo, José, incluso las impertinencias de los diablos las soportaría con gusto por vivir a su lado.

Me gusta hacer la compra con ella y que me coja familiarmente del brazo, que pida mi opinión a la hora de decidir qué vamos a comer, y ayer incluso me consultó sobre qué vestido debía ponerse para ir a entrevistarse con la maestra de Andrés.

El cielo tiene color plomizo. Dicen que va a nevar, y el tiempo y la conciencia me impiden dormir.

Por la noche…

Estimado José:

Estoy sorprendida de lo pequeño que es Joaquincho. Tiene unos piececitos diminutos. Nunca me había fijado en el tamaño de los pies de un niño. Y es raro que no me haya dado cuenta, porque por las calles se ven muchísimos niños de esa edad.

Además, dormido, como se está quietecito, sin hacer diabluras, es otra cosa. Lo miro ahora, metido en mi cama, y me sorprendo de haberle temido. Claro que un niño que lleva entre sus manos una escopeta que dispara corchos no es muy de fiar, pero tampoco un monstruo, digo yo.

Hoy ha comenzado a nevar en medio de una estruendosa tormenta.

Precisamente ha sido la tormenta lo que ha impulsado a Joaquincho a venir a mi habitación, porque la verdad es que ha sido terrible el aparato de truenos y relámpagos que se nos ha venido encima. No me extraña que el pequeño tuviera miedo y que buscara compañía, aunque fuera la mía, que debía de ser la única persona que estaba despierta en la casa.

Noté que la puerta se abría pero, como no entraba nadie, pregunté:

—¿Quién está ahí?

—Yo…

—¿Quién eres?

—Joaquincho. He venido por la tormenta. Pensaba que a lo mejor tienes miedo. Puedo quedarme contigo si estás asustada.

—Gracias, Joaquincho… ¡Y yo que creía que no me querías!

—No, si no te quiero, pero es que el miedo es cosa seria.

Un trueno todavía mayor que los anteriores lo ha interrumpido y, al hacerse nuevamente el silencio, lo he sentido muy cerca de mí.

—No me importa meterme en tu cama y cogerte de la mano si estás muy asustada —ha dicho. Y su voz temblaba tanto que me ha conmovido.

—Está bien. Ven conmigo.

Se ha acomodado a mi lado y ha metido su mano, que también es pequeñísima, entre las mías.

—¿Te sientes más segura conmigo?

Créeme que se oían castañear sus dientes.

—Sí. Estoy mucho mejor.

Y era verdad. Me ha gustado sentir su cabeza en mi hombro y sus manos aferradas a las mías, su aliento suave y su respirar inquieto. No puedo olvidarlo.

—Creo que la tormenta ha cesado —dije al cabo de un rato.

—Puede volver. Me quedaré un poco más contigo. A veces, repiten, ¿sabes?

—Sí.

—María...

—¿Qué?

—Tengo una lagartija.

—Qué bien... —respondí somnolienta.

—La he cogido en la huerta. ¿No te parece raro que haya una lagartija en invierno?

—Sí, pero ahora, duerme.

—Bueno.

Al cabo de unos minutos, ha vuelto a llamarme.

—María...

—¿Qué?

—¿Te he dicho que tengo una lagartija?

—Sí. La has cogido en la huerta.

—Sí. Me ha costado mucho cazarla, porque las lagartijas corren a mucha velocidad. Tiene la cola larga, larga, larga... ¡Ay! ¡Ya se me ha escapado!

—Pero, ¿es que la tienes aquí? ¿En la cama?

Y he dado un salto en la cama, a la vez que encendía la luz.

—La tenía en el bolsillo del pijama. La he metido ahí porque las lagartijas se asustan de las tormentas, pero no te preocupes porque ya le he puesto provisiones, ¿ves? —y me ha mostrado un puñado de hierbas marchitas.

—Vamos a buscarla. No podemos dejarla correteando entre las sábanas.

—No. No podemos. A ella no le gustaría nada.

Así que hemos levantado colcha, mantas y sábanas.

—¡Ahí está! ¡Mira cómo corre!

Y hemos reptado bajo la cama, arrollado la alfombra y movido los muebles más pequeños, descolgado cuadros, agitado enérgicamente las cortinas, y tratado de intimidarla lanzándole mis pantalones cuando pasaba por el techo.

Mi habitación parecía un auténtico campo de batalla, cuando al fin la lagartija, tras haberse quemado la cola con una de las bombillas de la lámpara, ha caído al suelo.

—¡Uf! ¡Creía que no la cogíamos! —suspiró, y me sonrió.

Tiene los ojos castaños, el pelo rubio y rizado, y acariciaba su lagartija con gran satisfacción.

—Dicen que la cola les crece. Hay lagartijas con la cola de metros y metros.

—No lo puedo creer.

—Que sí, que me lo dijo uno de mi clase. Metros y metros de cola. Ahora eres guapa. Bastante guapa.

—¿De veras?

—Te querría si no fuera hacer traición a los otros.

—¿A los otros?

—A mis hermanos.

—Yo también soy tu hermana.

He sentido una cosa extraña al decir "tu hermana"... ¿Se quiere mucho a un hermano, José?

—No. No puedes ser mi hermana. No se tienen hermanas tan grandes. Está Federico, el de la tienda de chucherías, ¿sabes? Ése sí que tiene una hermana, pero es como cosa así.

Y separando sus manos, que ya te he dicho que son pequeñísimas, señalaba unos cincuenta centímetros.

—La hermana de Federico crecerá y un día será tan grande como yo.

—Pero falta mucho para eso. Y a todos los de la escuela les gusta. Les parece "idial". Y nosotros les dijimos que también teníamos una hermana cuando la abuela dijo que ibas a venir. Y ahora no podemos enseñarte a los otros.

—¿Por qué?

—¡Haríamos el ridículo! Figúrate... Todos se creen que eres "idial", como la de Federico.

—Es un problema, sí.

—Si te digo la santapuraverdad, a mí no me importa. Me gustas así. Pero Andrés dice que te tiene declarada la guerra y manda mucho. Oye, no le digas que he venido a cuidarte, porque le parecerá traición.

—No se lo diré.

—Fernanda anda diciendo por ahí que te pareces a mi padre, pero yo creo que no te pareces nada. Eres más guapa y, además, no tienes bigote.

Se ha dormido. Yo no. No podía dejar de mirarle.

Y continúo haciéndolo mientras te escribo. Me pregunto por qué casi le tenía miedo, si es tan pequeño...

Los Teobaldos, 14 de febrero

Estimado José:

Mi ternura fue cuestión pasajera. Lo comprenderás cuando te diga que al día siguiente casi me mato al salir del cuarto de baño porque había atado un cordel de lado a lado de la puerta.

También me ha molestado lo del retrato del bisabuelo. Un óleo que la abuela tiene en tanta estima. No hay derecho a que le hayan pintado antifaz y capucha. Ahora parece Batman.

Empiezo a sentirme como prisionera. Creo que al principio tenía la tonta esperanza de que esto terminaría cualquier día, que ocurriría algo, pero tras haber perdido la ilusión de encontrar aquí una vida serena, voy perdiendo también la esperanza de salir de esta pesadilla. ¿Cómo pude cometer esta locura?

Quizás, si pudiera estudiar... Pero no veo ninguna posibilidad de hacerlo. Lo único que me espera aquí es trabajo. Y trabajar para estos diablos me saca de mis casillas.

Te aseguro que sigo viendo esta casa como algo francamente irreal.

Los Teobaldos, 19 de febrero

Estimado José:

No todo tenía que ser malo. Al fin ha ocurrido algo muy bueno: los diablos han roto mis gafas.

Yo las había dejado sobre la mesa y Fernanda, no teniendo otra cosa más a mano, las metió como señal en su libro de oraciones. Algún día te contaré las cosas de que echa mano para meter entre las páginas de su devocionario.

Después de esto, lo dejó a buen recaudo en una de las baldas de la biblioteca. El lugar no podía ser más adecuado, como nos dijo más tarde, y nosotros no tuvimos más remedio que reconocerlo así.

¿Quién podía imaginar que Andrés guardaba en el último estante su camiseta de fútbol, la caja de los huevecitos de sus gusanos de seda y una botella llena a medias de Coca–Cola, y que utilizaba los estantes como peldaños cuando quería alcanzar alguno de sus tesoros?

El chasquido de los cristales no se oyó cuando Andrés pisó el devocionario. Y me apené porque me hubiera sonado a música celestial, como me parecieron diamantes los cristalitos que se mezclaban con las estampas y hojas del librito de cubiertas negras.

Odio tanto esas gafas que hubiera saltado de alegría.

Sin embargo, las dos mujeres estaban consternadas.

—¡Los lentes! ¡Los lentes de María! —decían a coro.

Y por más que traté de quitarle importancia al asunto, se decidió que Fernanda y yo iríamos a Calahorra, pequeña ciudad donde suelen hacer las compras de cierta importancia, para encargar unos nuevos cristales.

La suerte me sonrió, porque Fernanda me preguntó en la puerta de la óptica si me importaba que me dejara unos momentos, ya que quería ir a visitar a no sé qué santo de su devoción para pedirle que le proporcionara plaza en la residencia de ancianos tan pronto se jubilara.

Al mirar a mi alrededor, el mundo me pareció bonito, y me entristeció ante la idea de volver a empañarlo poniendo unos nuevos cristales ante mis ojos. Y entonces, tuve una idea.

—¿Se pueden poner en unas gafas cristales sin graduación?

El empleado me dijo que sí, que se llamaban cristales neutros, y, no sé por qué, dio por supuesto que yo formaba parte de un grupo teatral local y que necesitaba las gafas para la escena. No le desengañé, así que me los montó en el acto.

Al regreso, me pareció maravilloso ver el pueblo con tal nitidez. Encontré luminoso todo lo que días atrás, cogida del brazo de la abuela y temiendo tropezar, apenas podía apreciar. Me encantó pasear sola, mirar los escaparates y, sobre todo, descubrir que las manchas amorfas que tanto me habían intrigado eran inmensos campos de árboles. El pueblo, en su casco urbano, me había parecido polvoriento, árido y ahora descubría que estaba rodeado de huertas, como un oasis maravilloso.

Te parecerá mentira, José, pero aquello, el ver bien, me levantó el ánimo de tal modo que ahora me siento capaz de afrontar con valentía la situación.

Los Teobaldos, 28 de febrero

Estimado José:

Creo que me voy centrando, y no es solamente por el asunto de las nuevas gafas, que, si bien son causa importante, no lo son todo. Pero voy notando que el ambiente familiar me arrastra, que día a día me voy sintiendo parte de la casa, que sus problemas van siendo también los míos, y que los desparejados zapatos de David llegarán a preocuparme un día tanto como a la abuela.

He comenzado por poner un poco de orden en las habitaciones de los chicos. Comencé a hacerlo pensando en que tal vez así aparecerían el zapato azul marino y el zapato marrón, porque, ¡ingenua de mí!, creía que tenían que estar en casa, ya que no parecía probable que un día David hubiera regresado a casa descalzo.

Te parecería mentira, pero no los encontré, aunque, eso sí, recuperé muchísimo calzado. Zapatos, playeras, botas y zapatillas aparecían en los lugares más insospechados. En el armario de los juguetes, entre los libros, en el ropero y en la maleta de las herramientas. Incluso encontré un par de sandalias en el interior de la cisterna del WC, lo que causó gran alegría a la abuela, no por el hecho de encontrarlas, ya que estaban totalmente inservibles, sino porque a partir de aquel momento la cisterna funciona a la perfección y ya no es necesario llamar al fontanero.

—Si ya le digo yo a usted, señora, que un poco de orden es lo que estaba haciendo falta aquí —dijo Fernanda, que se había sentado entre un asombroso montón de zapatos para limpiarlos. Dar betún y cepillar es su trabajo preferido.

La abuela se defendió como siempre, hablando de su edad, y de que, si Dios da hijos únicamente a los jóvenes, por algo será. De que aquellos niños iban a acabar con su vida y de que la maestra de Víctor había vuelto a telefonear porque hacía más de una semana que el niño no iba al colegio.

—También son ganas de sacar las cosas de quicio... —contestó Fernanda—, si ya le dije hace tiempo que el chico tenía el vientre algo movido.

—Pero de eso hace ya casi un mes... Después ha sido una indigestión, luego se le cayó un diente y ahora le duele el dedo.

—Pues el chico no se quejará de vicio, digo yo...

—Pero no es normal faltar al colegio porque se le ha caído un diente o porque le duele un dedo —me atreví a opinar.

—Naturalmente. Lo que ocurre es que los hemos acostumbrado mal. Siempre han hecho lo que han querido y me temo que ya es demasiado tarde para enderezarlos.

Aunque ya me había hecho a su paciencia y resignación, me sorprendió el fatalismo de la abuela, porque Andrés, el mayor de los cuatro diablos, de los chicos, quiero decir, todavía no ha cumplido los once años, y no me parece edad en la que sea difícil educarlo.

Decidí probar mi suerte a la mañana siguiente, aunque no fue tarea fácil sacarlos de la cama a los ocho y media, con el anuncio de que irían a la escuela, porque Andrés, que se había acostado la noche anterior a las doce y media, tenía demasiado sueño. David me aseguró que no podía ir, porque el profesor le había dicho que no volviera sin libros. A Víctor le dolía "toda la cabeza" a resultas de haberse caído la tarde anterior de la camioneta del panadero, que a veces le deja colgarse en la parte de atrás, y Joaquincho no quería dejar sola a la lagartija.

—Casi no se mueve. Debe de estar enferma y no creo que le guste quedarse sola —me dijo.

Pero fui inflexible. Busqué y encontré los libros de David, les preparé sus almuerzos, y a las nueve salían de casa, ante el asombro de la abuela, que hubiera preferido llevar a Víctor a que lo reconociera don Bruno, el médico, porque los golpes en la cabeza pueden traer malas consecuencias, y el gesto hosco de Fernanda, que se pasó la mañana recordándome que eran huérfanos.

Fernanda es así. Siempre dice que la van a matar a disgustos, que no puede con ellos, y que son unos auténticos diablos, pero no puede soportar que alguien los reprenda.

La abuela no decía nada, pero se pasó la mañana mirando por la ventana, incluso saliendo a la puerta para ver si volvían.

Han pasado ya tres o cuatro días y todos nos hemos acostumbrado a la escuela. Incluso Fernanda, que ha llegado a comentar la paz que hay en la casa desde que los diablos van al colegio, y hasta su reuma le molesta menos, lo que ya es toda una claudicación.

Imagínate. Hoy ni siquiera han protestado. Yo incluso los veo más felices. A Andrés lo han fichado como portero del equipo de fútbol del colegio y David "se ha hecho" de una panda que juega a guerreros de otras galaxias.

La verdad es que ayer, cuando fui a hacer la compra, encontré a Víctor en un banco de la plaza, comiendo pipas. Se llevó un susto de muerte al verme, se atragantó y tuve que golpearle la espalda para que escupiera las cáscaras que se había tragado.

—¿Por qué no has ido a la escuela? —le pregunté.

—No... Si ya he ido... Lo que pasa es que he salido ya..., bueno, sólo un momento, ¿eh? Es que he visto pasar al panadero y he venido a avisarle a Pilar, la de las chucherías que como es tan sorda, a lo mejor no le oye.

Volvió a la escuela a regañadientes, y les dijo a sus hermanos que los odio, y que buena les ha caído encima.

Yo no había pensado en que mi carácter fuera tan autoritario, pero es que hay cosas que no comprendo.

Andrés jamás come pollo.

David se alimenta casi exclusivamente de filetes empanados.

A Joaquincho no le gusta la sopa, ni el arroz ni los tallarines.

Víctor lo come todo con mahonesa, ya sea carne, pescado o tortilla. Se sirve una rebosante cucharada junto a las patatas fritas, sobre las lentejas, e incluso con el plátano.

Y no me pueden ver. Si al menos me ignoraran…

A lo mejor es esto lo que más me duele.

Los Teobaldos, 3 de marzo

Estimado José:

La casa va pareciendo otra. Incluso la abuela y Fernanda se han contagiado de la fiebre del orden. Hemos vaciado y vuelto a llenar los armarios de la ropa y, terminada la selección, nos hemos encontrado con que tenemos muchos más pantalones y jerseys de los que la abuela creía.

Fernanda es la que está un poco regañona. Cree que esto no durará mucho y que nuestro trabajo es inútil, que en cuatro días habremos perdido de vista todo el hermosísimo ajuar que ahora tenemos.

Pero, ¿por qué?, me pregunto yo.

¿Son así todas las familias? En la tuya, con siete hermanos, ¿se pierde la ropa de un modo tan absurdo?

Junto a nuestra casa vive un matrimonio con otros tres chicos, y jamás he visto que ninguno llevara los zapatos desparejados. Son traviesos, sí, pero nunca he visto que la abuela tuviera que quejarse de ellos; en cambio, nuestra vecina tiene que llamarnos constantemente para protestar de los nuestros.

No sé si conseguiré mucho más, pero de momento van diariamente al colegio, y compramos una sola marca de chocolate. (Antes nuestra despensa parecía un auténtico supermercado).

He puesto una bolsa de tela en cada una de las dos habitaciones que ocupan los niños y les he dicho que dejen dentro la ropa sucia. No sé si dará resultado. De momento, ha hecho que Víctor les dijera a sus hermanos que soy una mandona.

¿Te sorprenderá si te digo que me duele?

Me gustaría que Joaquincho me quisiera... Desde la noche de la tormenta siento cierta preferencia por él.

Debe de ser porque es el más pequeño.

Los Teobaldos, 4 de marzo

Estimado José:

¡Joaquincho me ha besado!

Después de acostarse ha salido sigilosamente de su cuarto y mirando a uno y otro lado, se ha acercado a mí, que también me disponía a ir a la cama. Ha rodeado mi cuello con sus brazos y me ha besado.

—Hasta mañana, María.

Y mis labios han temblado cuando le he devuelto el beso.

—María... —ha dicho bajito.

—¿Qué?

—No se lo digas a los otros, pero yo te quiero.

—¿De verdad?

—Sí. Eres buena, y tienes la caricia igual que Pinto.

—Yo también te quiero, Joaquincho.

—Será secreto, ¿vale?

—Vale.

Pero yo no he podido guardar el secreto. No podría dormir si antes no te digo que Joaquincho me quiere, y que yo también le quiero.

Los Teobaldos, 5 de marzo

Estimado José:

No sé si reír o llorar.

Tras secretas investigaciones y sondeos, he descubierto que Pinto es un caballito de plástico propiedad de Joaquincho. Lo monta un hombrecito articulado, indio al parecer, a quien el niño llama Jerónimo.

Los Teobaldos, 9 de marzo

Estimado José:

Hoy me he encontrado con Víctor en la plaza.

Montaba su bici y daba vueltas alrededor. Parecía que lo estaba pasando muy bien, y no sé por qué, he sentido el impulso de imitarle. He sacado una bici del garaje y he comenzado a pedalear.

Me ha sorprendido que me saludara sonriente cada vez que nos cruzábamos, y todavía más cuando, ya dispuesta a volver a casa, se ha acercado a mí.

—¿Vale que tú eras Marino Lejarreta, y yo los hermanos Muro?

—Sí. Pero, ¿quiénes son?

Me ha mirado con los ojos muy abiertos. Los tiene enormes, de un color castaño dorado.

—¿Es posible que no sepas quién es Marino Lejarreta?

Avergonzada de mi ignorancia, lo ha admitido así, y se ha creído en el deber de instruirme. Marino Lejarreta es un ciclista, el mejor, y los hermanos Muro, los ases locales del pedal.

No tienen todavía la fama de Lejarreta, pero son unos auténticos fenómenos.

—Muy bien. Entonces, tú eres los hermanos Muro y yo Marino Lejarreta. Ahora dime qué tengo que hacer.

—Correr. Hacemos la vuelta a la plaza, pero a toda mecha.

Me ha ganado. Ha estado a punto de atropellar a una mujer y a un perro, pero ha llegado a la meta sin novedad.

—¡Has corrido fenomenal!

—Tampoco tú lo haces mal, porque eres chica y las chicas hacen siempre peores marcas. ¿Lo sabías?

—Sí, eso sí.

—Lo malo que tienes es que frenas en las curvas.

—Es porque tengo miedo.

—Pues con miedo no vas a ninguna parte. Y podrías ser buena, porque aún no eres muy vieja y todavía puedes aprender… Fíjate, yo mismo podría enseñarte. Si quieres, empezamos ahora mismo. Sígueme y no quites ojo de lo que yo hago en las curvas.

Hemos vuelto a montar en las bicis. Él delante y yo detrás, recorriendo la plaza.

Se iba bien así, dando a los pedales y charlando a gritos con Víctor.

—¡Acelera! ¡Frena! ¡Ahora! —decía con la cabeza vuelta hacia mí.

Ninguno de los dos hemos visto la camioneta de los refrescos, y primero el niño y después yo, nos hemos encontrado sentados en el suelo, mirándonos muertos de risa.

—Ha sido por mirarte a ver si lo hacías bien.

—Y creo que lo hubiera hecho, si no se llega a poner en medio la camioneta.

—Además, fíjate qué manera de aparcar… ¡Cómo se puede dejar así una camioneta, toda torcida y con las puertas de atrás abiertas!

Indignado, se ha asomado a la puerta del bar gritando:

—¡Eh, Santos! ¿Te han dado el carné en una tómbola?

—¡Víctor, ven aquí! —he gritado muy avergonzada.

No he tenido necesidad de repetirlo, porque ha salido lanzado, mientras un hombre le gritaba improperios. Yo también he corrido sin atreverme a volver la cabeza.

—¿Por qué le has insultado? Eso no se hace —le he reñido.

—Siempre se lo digo —me ha contestado tranquilamente.

—Pero Víctor… ¿cuántos años tienes?

Tenías que ver cómo se ha erguido.

—Nueve. Pero te puedo.

—Eso ya lo has demostrado en la carrera. Pero un chico de nueve años no puede hablar a una persona mayor como tú lo has hecho. Está muy mal.

—Ah, ¿sí? Y aparcar la camioneta en doble fila, toda torcida, o subida en la acera, ¿eso no está mal?

—Sí. Pero no es motivo para ser maleducado.

—Pero es que yo soy maleducado.

—No digas tonterías.

—Sí, sí… te aseguro que lo soy —ha afirmado.

Y su gesto era humilde. Casi conmovedor.

—A veces te portas mal, pero eres un buen chico.

—Lo dicen todos. Dicen que soy maleducado. Lo dicen la maestra, los vecinos, el portero de la escuela, Fernanda…, todos, todos… Hasta el sacristán de la parroquia.

No he podido contener la risa. Impulsivamente le he puesto una mano sobre el hombro, pero se ha separado.

—Oye. No les digas a ésos que somos amigos.

—Como quieras.

—Mis hermanos son cerrados. Tipos raros, ya sabes. No comprenden que el deporte une.

—Une, sí.

—¡Vaya si une!

No sé cómo explicarlo. Después de hablar con Víctor, siento algo muy especial. Creo que se llama esperanza.

No sé por qué, pero los niños dan a la vida un aire tan natural, que hace que yo sienta que mi vida también puede ser normal.

Los Teobaldos, 11 de marzo

Estimado José:

Ayer, cuando salían hacia la escuela, Víctor se volvió atrás.

—¡Que me dejo el almuerzo! —gritó a sus hermanos.

Le aguardé en la puerta intrigada, porque sabía que no olvidaba nada. Miró furtivamente a su alrededor, antes de decir:

—No te he dicho adiós.

Y poniéndose de puntillas, de modo espontáneo, me dio un beso en la mejilla.

¿Será verdad que el deporte une?

Los Teobaldos, 17 de marzo

Estimado José:

No sé si será el deporte, porque David no anda en bicicleta. Tampoco la causa debe de ser la tormenta, porque el niño no teme a nada, pero también él me ha besado, aunque no sé por qué. Con David una no sabe a qué atenerse, porque es terriblemente despistado. Pierde hasta los zapatos.

Pues bien, este chico que parece vivir en otro mundo, que pasaba a mi lado como si ni siquiera se hubiera dado cuenta de mi existencia, hoy me ha traído una flor. Una flor de geranio blanco, con la mitad de sus pétalos resecos y arrugados.

—Para ti —ha dicho, sencillamente.

—¡Pero David! Es una flor preciosa. Te lo agradezco mucho.

—¿De veras te gusta?

—Es ideal.

—Pues fíjate, me la he encontrado en la calle. ¿A que he tenido suerte?

—Ya lo creo. Imagínate si llega a pasar otra persona antes que tú y te la quita.

—Me hubiera pegado con él. Hace días que estaba pensando en regalarte algo, pero no sabía qué, y hoy me encuentro la flor... Así que he dicho: aunque Andrés se enfade, ¡se la doy!

—¿Sabes, David? Nunca me habían regalado flores.

—¿Nunca, nunca? Pues en el cine, a las chicas que son guapas, los hombres siempre les regalan flores.

—Claro, pero serán hombres que las quieren.

—Yo ya te quiero.

—¿Aunque se enfade Andrés?

No me contestó pero me dio un beso. Después salió a jugar, dejándome sola con la flor.

Ya son tres... Me quieren tres de los cuatro diablos. ¿No es maravilloso?

Los Teobaldos, 21 de marzo

Estimado José:

A Andrés le estoy haciendo una bufanda. Ya sé que es sorprendente hacer una bufanda en primavera, sobre todo con el sol que ahora nos castiga, pero todos los niños de Los Teobaldos van el domingo a ver el partido de fútbol luciendo unas bufandas con los colores del equipo local: azul añil y amarillo limón. Fernanda comenzó a tejer la de Andrés pero, pese a su voluntad, no hizo más que montar los puntos en una aguja, ya que el reuma resta agilidad a sus manos.

El pobre chico se siente como un paria entre los de las bufandas, por eso la continúo yo, aunque, como tenemos tanto trabajo con los calcetines que hay que zurcir, rodilleras que coser, camisas y pantalones que planchar, no sé cuándo podrá estrenar Andrés su bufanda que, por si fuera poco, es de punto inglés y cunde poquísimo.

Los Teobaldos, 25 de marzo

Estimado José:

Hace días que no escribo. No me siento demasiado bien. De pronto, cuando ya me sentía asentada en la casa, segura del cariño de la abuela y de los tres niños, ha despertado mi conciencia.

Creo que ha sido precisamente eso, el cariño que me brindan, lo que me hace sentirme indigna de él. Es una ruindad lo que he hecho. No tengo derecho a convivir con quienes me quieren creyéndome un miembro de la familia.

¡Si siquiera me hubiera resultado más difícil engañarles! Pero, ¡ha sido tan sencillo…! La abuela no tiene la más mínima sospecha.

He pensado incluso en marcharme sin decir nada, y después escribirle excusándome, pero también esto me parece una ruindad.

Los Teobaldos, 26 de marzo

Estimado José:

Creo que tú me has inspirado una decisión. Hoy me sentía desesperada, y me he puesto a pensar en ti, imaginando que estabas a mi lado y que yo te pedía consejo para salir de esta situación.

"¿Qué me diría José?", me preguntaba. Y, de pronto, he pensado que tú me dirías que sólo la señorita Adriana podría ayudarme.

He recordado el cariño con que me despidió, y cómo insistió en que le escribiera si tropezaba con alguna dificultad, diciéndome que siempre estaría dispuesta a ayudarme.

¿Crees que podrá hacerlo? ¿Qué encontrará el modo de acabar con esta situación sin herir a la pobre abuelita y a los niños?

Como no llevo mucho tiempo aquí, podrán olvidarme, pero estoy segura de que yo nunca los olvidaré. Me han dado demasiado.

Estoy muy triste. Voy a hacer lo que debo, pero yo no quisiera marcharme de aquí.

Los Teobaldos, 27 de marzo

Estimado José:

He decidido terminar la bufanda de Andrés antes de escribir a la señorita Adriana. No sé qué me depara el destino, pero cualquier cosa que sea, y en cualquier lugar que esté, creo que me consolará el saber que Andrés podrá agitar su bufanda en el estadio de Los Teobaldos, gritando: "¡Ra, ra, ra! ¡El Tremendo! ¡El Tremendo ganará!"

Los Teobaldos, 4 de abril

Estimado José:

Yo no sé si es mi prisa por resolver esta situación, pero la bufanda de Andrés crece poquísimo. No es que yo sea muy diestra en esto de la calceta, pero hay veces que tengo la impresión de que algún duende se entretiene deshaciendo por las noches lo que yo tejo al atardecer.

—Esto es como el telar de Penélope —le dije a Fernanda.

Pero Fernanda nunca ha oído hablar de Penélope, porque me dijo que qué clase de tela es ésa, y que si hiciera el punto con agujas más gruesas, terminaría antes.

La abuela se opuso. Dijo que la bufanda no corría prisa, puesto que el invierno queda lejos. Lo importante era hacer el trabajo a conciencia, ya que el punto inglés con agujas gruesas queda muy basto. Cedería y se deformaría una barbaridad cuando Andrés, al igual que sus compañeros, la agitara en el estadio cuando el Tremendo marcara un gol.

Así es que continúo con las mismas agujas, lista azul añil, lista amarillo limón, ante la mirada indiferente del hincha de nuestro equipo, a quien no ha humanizado lo más mínimo mi trabajo.

—Andrés dice que jamás se venderá por una bufanda —me dijo Víctor.

Le contesté que no quiero que se venda y que ni siquiera trabajo por Andrés, sino por el Tremendo, que apenas marca goles esta temporada, y que creo que tal vez una bufanda más en el campo le eleve la moral.

A Víctor, ¡cómo no!, le pareció estupendo mi sentir deportivo, aunque me echó un jarro de agua fría, diciendo que a Félix, nuestro vecino, su madre le hizo la bufanda en solo tres días.

Y es que, Camino, la vecina, tiene que ser superior a nosotros hasta en eso.

Los Teobaldos, 6 de abril

Estimado José:

Estoy muy preocupada. Puede ser que Camino sea una tejedora de primera y yo no, pero mi bufanda es un caso. No avanza nada. Me lo hizo ver Víctor el día que te escribí la última carta.

—Me he fijado que no manejas bien el hilo amarillo. Ayer tenías tres rayas amarillas y cuatro azules, y hoy tienes lo mismo.

No lo hubiera creído si no fuera porque vi que la lana del ovillo estaba rizada, como cuando se ha deshecho lo tejido. Como me extrañó, conté las rayas y vi que continuaba teniendo cuatro azules y tres amarillas.

—Alguien deshace lo que yo tricoto.

—¿Crees posible que Andrés se dedique a deshacer la bufanda por las noches? —le pregunté a la abuela.

—¿Andrés? —pareció sorprendida e incluso un poco dolida.

—Juraría que ayer, cuando me fui a la cama, tenía cuatro listas amarillas. Y además, fíjate en la lana. Se ve arrugada.

Insistió en que no podía ser. Andrés no hubiera sabido volver a meter los puntos en las agujas. Tal vez me estaba cansando de la labor y eran mis ganas de terminarla lo que me hacía creer que la tenía más avanzada.

Lo dice por animarme. Está convencida de que Andrés acabará queriéndome y de que la bufanda allanará el camino.

De todas formas, he vuelto a tejer la raya amarilla y una nueva en azul. Las he contado antes de dejar la labor en el cesto.

—No sé por qué sospechas de Andrés —me ha dicho la abuela, que por lo visto no ha dejado de mirarme.

—Porque tiene miedo de venderse.

Las dos hemos sonreído. Pero su sonrisa era tan triste como la mía. Sospecho que cree a su nieto capaz de tenerme todo el verano con la dichosa bufanda, sólo por hacerme una faena.

Le quiere tanto que se niega a reconocerlo.

Los Teobaldos, 9 de abril

Estimado José:

¡Pobre Andrés! Lo juzgué mal. Incluso siento remordimiento cuando veo que mi labor no se altera. Que crece en una raya azul y otra amarilla cada día. Ahora es cuando estoy segura de que nadie deshace mi trabajo. La bufanda estará terminada pronto y entonces escribiré a la directora del colegio y actuaré según su criterio.

Pero, ¿quieres creer que me duele hacerlo?

Como es natural, lo arreglará todo para que yo deje la casa y vuelva al colegio.

Y no es volver lo que me duele. Ni siquiera que ahora ya no contará con su confianza, ni que puedo despedirme de mi idea de estudiar. Lo daría todo con gusto por poder quedarme aquí.

Me duele dejarlos. Dejar a la abuela, a Fernanda y a los chicos... Si pudiera solucionarse de algún modo sin tener que irme.

Los Teobaldos, 10 de abril

Estimado José:

No sé qué pensar. Supongo que te parecerá una frivolidad que piense tanto en la dichosa bufanda cuando tengo motivos sobrados para preocuparme con mi propia vida, pero lo que ocurre es rarísimo.

Ayer, cuando te estaba escribiendo, oí abrirse una puerta y unos pasos quedos bajando la escalera. Salí al pasillo y me asomé a la barandilla.

La luz del comedor se encendió, y desde mi observatorio podía ver perfectamente el cesto de la labor y la mano pequeña que sacaba de él la bufanda.

—Entonces, después de todo, es él —pensé desolada.

Pero Andrés no deshizo mi labor. Se limitó a admirarla y acariciar aquellos colores, azul añil y amarillo limón, tan chillones que casi dañaban la vista.

Después, con gran cuidado para no soltar los puntos, se la echó sobre los hombros y se miró en el espejo. Lo hizo con evidente complacencia, e incluso con cierta presunción. Se contempló un buen rato, se la quitó y, sin apartarse del espejo, la agitó sobre su cabeza, susurrando:

—¡Ra, ra, ra! ¡El Tremendo! ¡El Tremendo! ¡El Tremendo ganará!

Todavía tuvo la bufanda un rato en sus manos.

Después, la extendió sobre la mesa y la midió a palmos, como si calculara lo que faltaba todavía para su terminación.

Me sentí conmovida, aunque no tanto como para no ver que aquella bufanda iba adquiriendo una extraña forma.

¿Cómo no me había dado cuenta antes de que se estrechaba tantísimo? ¡Pero si el extremo donde quedaban los puntos sobre la aguja tenía seis o siete centímetros menos que el inicio!

Volví a la cama decepcionada. Una bufanda... No sabía hacer una sencilla bufanda con los colores del Tremendo... Una bufanda que nuestra vecina Camino había confeccionado en tres días.

"He perdido la mitad de los puntos" pensé compungida.

Como te decía antes, descubrí que algo tan cotidiano como la calceta me preocupaba en aquel momento más que mi extraña situación en esta casa.

Pero lo cierto es que no he perdido un solo punto.

Lo he comprobado esta mañana. En ambos extremos hay los mismos, pero mientras en un lado el tejido queda suave y esponjoso, en el otro se ve apretado, duro como una tabla.

No me ha extrañado cuando me he fijado en las agujas. Son mucho más finas que las que utilicé para el comienzo. Al menos, dos o tres números menos.

No sé cómo explicarte la técnica del punto, creo que no lo entenderías, así que no perderé el tiempo en ello, pero te diré que me traté mentalmente de tonta, porque puede una no notar la diferencia cuando se trata de un número menos, pero mira que tres... como no sea que...

Una horrible sospecha ha cruzado mi mente y aunque trato de apartarla de mí, no puedo. Después de tantear la labor, la he mirado junto a la ventana, incluso me he quitado las gafas para hacerlo. Absurdo pero cierto. Alguien me ha cambiado las agujas. Pero lo ha hecho con paciencia. Primero pasó la labor que yo tenía en agujas del cuatro a otras del tres y medio. Después a otras del tres, y hoy los tengo preparados en unas del dos y medio.

He tenido que deshacer media bufanda, y lo he hecho con rabia. Ni Andrés ni los otros niños son capaces de semejante hazaña. Entonces, ¿quién?

La abuela me estaba mirando y su mirada era triste.

Tuve la sospecha de que sabía algo de aquello.

—Creo que he dejado caer algún punto —susurré—, será mejor que lo arregle.

—Bueno... Como tampoco urge mucho... Merece la pena que quede bien, después de lo que estás trabajando, ¿verdad?

Su indiferencia me ha dolido. Creía que le importaría más la esterilidad de mi trabajo, que apreciaría la ilusión que yo había puesto en la bufanda.

Sin embargo, cuando la he mirado, me ha parecido que sus ojos brillaban como si tuvieran lágrimas.

¿Crees que sospechará de Fernanda?

Pero Fernanda... ¡Es imposible! Se la ve tan activa... no da el menor indicio de estar perdiendo la cabeza. Su única originalidad son las señales que inserta en su devocionario al terminar sus rezos. Introduce en él el primer objeto que tiene a mano.

He mirado ese librito con cierto cariño. Entre los dolores y gozos de San José, se ocultaba el rollito de esparadrapo que ayer nos volvimos locas buscando.

Bien mirado, es muy posible que Fernanda, algún día, haya tirado de las agujas para ponerlas en su libro, y que después, al darse cuenta de su despiste, intentara arreglarlo, pero confundiendo las agujas.

Esta pobre mujer es tan despistada como para hacerlo en dos o tres ocasiones, y elegir siempre las agujas más finas.

Y como yo no estoy dispuesta a morir de vieja con la bufanda entre las manos, hoy he subido a mi habitación llevando bajo el brazo la malparada bufanda. Se acabaron los contratiempos.

Los Teobaldos, 27 de abril

Estimado José:

Estoy triste. Miro a mi alrededor, las paredes de esta casa, el pueblo, los campos donde han florecido los frutales, los tilos de la plaza, y siento algo extraño al pensar que dentro de poco ya no los veré.

Hace sólo tres meses que llegué a Los Teobaldos, y me parece como si aquí acabara el mundo, como si no existieran otros pueblos y ciudades. Te sorprenderá, José, pero también mi vida termina aquí. Ya no me veo viviendo en otro lugar. ¿Cómo podría?

Sin embargo, pienso que, a la vez que los árboles, yo también he cambiado. Siento que no soy la chica que llegó en enero y que creía poder vivir de ilusiones, que inventó unos padres a quienes amar, y que creía que podría también apropiarse de una familia.

Ahora sé qué es el cariño y lo sé porque lo he conocido. El amor es demasiado grande para poder fundarlo en el engaño.

La decisión de escribir a la directora ya hacía tiempo que la había tomado. Esperaba sólo a terminar la bufanda de Andrés para hacerlo. Y no creas que esto de terminar la bufanda era una puerilidad muy propia de mi carácter, ¡qué va! Estaba segura de conseguir con ella el cariño de Andrés y no quería irme sin haberlo logrado.

En fin, ya la terminé y hoy se la he dado.

Precisamente, se jugaba un partido entre nuestro equipo y el del pueblo vecino, eternos rivales.

—Creo que una bufanda más en el campo dará moral a los tuyos —le he dicho, colocándosela alrededor del cuello.

Te aseguro que tenía miedo de que la rechazara, porque ni siquiera ha contestado. Me ha mirado sin pestañear, se la ha arreglado a su gusto, y después con voz ronca, como si le costara un gran esfuerzo, ha dicho:

—Gracias.

Fernanda se ha enfadado. Ha comenzado a gritar que Andrés es un zulú que dice un miserable gracias y se va tan ancho, después de que su pobre hermana se ha dejado los ojos en la dichosa bufanda, y se ha ido con el cuento a la abuela.

Los gritos de ánimo al Tremendo se oían desde mi habitación, mientras yo escribía a la señorita Adriana, contándole todo lo acaecido desde el momento en que subí al tren, mi encuentro con María, el accidente, el cambio de bolsos que propició la confusión de mi identificación, la llegada al hospital de la abuela y mi decisión de hacerme pasar por su nieta, a quien sabía que nunca había visto, engañándome a mí misma, ante la idea de que a ella, una chica u otra, ¿qué podía importarle?

He metido las cuartillas en el sobre a la vez que me limpiaba las lágrimas y todavía con él en la mano me decía que si en tres meses no me han descubierto, ya no van a hacerlo, y aquí he sido tan feliz…

La abuela, dispuesta a salir, se miraba coquetamente en el espejo del vestíbulo, abrochándose la chaqueta de su traje azul.

—¿Dónde vas? —me ha dicho.

—A llevar esta carta al correo.

—Trae, yo misma la llevaré. Voy a casa de Juanita y paso justo delante.

Yo quería resistirme. Me parecía terrible que fuera ella precisamente quien mandara aquella carta, cuyos resultados yo sabía que la harían sufrir, pero cuando iba a hablar, la puerta de la calle se abrió violentamente e hizo irrupción en el vestíbulo un montón de chiquillos.

Había ganado nuestro equipo, a juzgar por su alborozo.

A Andrés, que encabezaba el grupo, se le veía congestionado por el calor, pero exhibía con orgullo la bufanda amarillo y añil alrededor del cuello. Parecía muy feliz cuando me señaló con el dedo.

—Ahí la tenéis. ¿La veis todos? Pues, es mi hermana. Ha venido de América, se va a quedar para siempre, y sabe hacer bufandas.

Después, me cogió familiarmente de un brazo.

—Ellos son mis amigos. Son hinchas del Tremendo y les he dicho que les harás bufandas a todos.

Los conté en voz baja. Eran siete. Siete bufandas que me sentiría feliz tejiendo...

Pero no era eso lo que me aturdía, sino la vista de mi abuela, cruzando la plaza y llevando en su mano izquierda mi carta.

Y vuelvo a pensar como cuando era una niña, aunque tan sólo tuviera tres meses menos que ahora, que si todos nos queremos, si somos felices juntos, ¿puede a ella importarle que yo sea una chica u otra?

¿Está tan mal que lo piense? Después de todo, María no quería venir y yo sí...

Pero ya no tiene solución.

Mañana sonará el teléfono y la señorita Adriana me dirá que vuelva al colegio.

Aunque claro, el asunto es tan grave que tal vez sea el mismo presidente del Patronato quien pedirá hablar con la abuela y dirá que viene en persona a recogerme.

Nunca he visto al Presidente, pero lo imagino duro. Será severo conmigo.

Pero, no es su severidad lo que temo. Lo que me asusta es ver los ojos de la abuela cuando me mire, después de saberlo todo.

Los Teobaldos, 28 de abril

Estimado José:

He pasado todo el día pendiente del teléfono, pero sólo ha llamado una persona preguntando por Fernanda, y Camino, la vecina de al lado, para decir que Joaquincho le ha mojado dos almohadones que tenía en el tendedero, con una pistola de agua.

Quizás, mi carta todavía no ha llegado.

Los Teobaldos, 29 de abril

Estimado José:

Hoy ha sonado el teléfono muchas veces. Creo que todas las amistades de la abuela se han puesto de acuerdo para invitarla a tomar café.

Pero nada más.

Los Teobaldos, 30 de abril

Estimado José:

Estoy muy nerviosa. Todavía no ha ocurrido nada.

Seguramente, la señorita Adriana habrá reunido a la Junta para tratar el caso antes de tomar una decisión.

Es natural. La responsabilidad es demasiado grande para cargar ella sola con la decisión. Pero me siento muy triste.

Ahora suena el teléfono. Puede que sea ella.

Nada. Era nuestra vecina. Dice que Víctor está en la ventana con un espejito en el que se refleja el sol y que lo proyecta sobre su cocina. Le resulta muy molesto.

Mira que llamar para eso... Estoy empezando a pensar que es bastante pelma. A mí no me parece para tanto lo del espejo.

Los Teobaldos, 1 de mayo

Estimado José:

Hoy tampoco nada.

Los Teobaldos, 12 de mayo

Estimado José:

Me siento más nerviosa que nunca. Es muy raro que no llame la señorita Adriana. Estoy segura de que pensará venir, pero ya le dije que la abuela no se imagina nada, que esperaba su consejo antes de hablar con ella, y no me parecería bien que se presentara aquí sin anunciarse, ni nada. Además, no es propio de ella, porque siempre ha sido una mujer que ha demostrado tener mucho tacto.

La plaza ha cobrado nueva vida. Está llena de mujeres trenzando ajos. Fernanda me ha comentado que los ajos de Los Teobaldos son muy apreciados y que incluso se exportan al extranjero.

Desde casa se las oye charlar y siento envidia de ellas. No sabes con qué gusto me cambiaría por cualquiera de esas chicas. Hablan de novios, vestidos, hijos, se cuentan los chismes del pueblo. Sus vidas me parecen tan sencillas, tan libres de complicaciones…

Y no sólo la plaza parece otra. El pueblo entero ha cambiado, porque se ha doblado su población con los trabajadores de temporada. Se están cosechando las cerezas y las fábricas cobran mayor movimiento. Los tractores llegan arrastrando grandes remolques cargados de fruta. Por la tarde, la plaza se llena de chicos y chicas que pasean o se sientan en los bancos. Hablan con animación y se ríen. Cuando las personas ríen parecen tan felices…

Acabo de darme cuenta de que yo no suelo reírme.

¿Cómo voy a reírme?

Los Teobaldos, 13 de mayo

Estimado José:

Continúo esperando noticias.

Pero nada.

Los Teobaldos, 15 de mayo

Estimado José:

Seguramente, va a escribirme. Pensándolo bien, es lo mejor. Habrá hablado ya con el Presidente y en cualquier momento recibiré una carta con instrucciones sobre lo que debo hacer. Estoy nerviosa, porque temo y deseo al mismo tiempo que algo ocurra.

Los Teobaldos, 16 de mayo

Estimado José:

Estoy deshecha. Tan desalentada, que no sé cuánto tiempo voy a poder ocultar la inquietud que siento. En casa trato de ser la de siempre. Ayudo a la abuela, salgo con los chicos, plancho, pero hoy se me ha caído la bandeja del desayuno y se ha roto todo: platos, tazas, las jarritas del café y la leche, el azucarero y el bol de la mermelada, que ha dejado la alfombra con un pringue horroroso. Me ha parecido tan terrible, que ha faltado poco para que me pusiera a llorar. Creo que ha sido porque en el momento en que entraba con ella al comedor, ha parado un coche en la plaza y ha salido de él un hombre desconocido. Aunque ha entrado en la casa de enfrente, el susto no se me ha pasado todavía.

Cuando Víctor y David han visto el estropicio, han comenzado a gritar que ellos no habían sido, que esta vez la culpa era mía, y la abuela, cosa rara, se ha enfadado con ellos, les ha dado un cachete a cada uno, y a mí me ha abrazado un rato largo. Después, arrepentida de haber pegado a sus nietos, y avergonzada de su sentimentalismo para conmigo, me ha dicho, señalando los fragmentos de porcelana y el pegote de la mermelada, algo así como que el que anda tropieza, y que *peccata minuta*.

No puedo más.

Los Teobaldos, 18 de mayo

Estimado José:

Empiezo a pensar que ocurre algo. No entiendo por qué no dan señales de vida.

Qué angustia siento…

Los Teobaldos, 25 de mayo

Estimado José:

Hace casi un mes que escribí. ¿Se habrá perdido la carta?

Los Teobaldos, 26 de mayo

Estimado José:

No lo entiendo. No lo entiendo.

Me he impuesto un plazo. Si en tres días no recibo ninguna noticia, hablaré con la abuela.

Los Teobaldos, 4 de junio

Estimado José:

He decidido no irme. Voy a luchar con uñas y dientes si es preciso, pero nadie deshará nuestra familia. Ha ocurrido algo terrible y creo que sólo yo puedo solucionarlo.

Ayer apareció un hombre en nuestra casa... Vaya, vuelvo a oír su voz, creo que ha regresado. Continuaré escribiendo en otro momento.

Los Teobaldos, 5 de junio

Estimado José:

Como te decía ayer, ha ocurrido algo inesperado. Hace unos días, ya no recuerdo cuántos, estábamos la abuela y yo cosiendo. Los chicos jugaban en la huerta, Fernanda trajinaba en el piso alto y el ambiente tranquilo invitaba a las confidencias. Por un instante, pensé que había llegado el momento de hablar.

—¿Han salido los niños, María?

—No. Están jugando en la huerta, al menos estaban hace un momento.

—Te parecerá mentira, pero me asusta tanto el alboroto como el silencio. Si gritan, pienso: ¿qué estarán haciendo? Y si no los oigo: ¿qué andarán tramando?

Apenas terminó de decir esto, cuando se oyó un formidable estrépito, que me hizo dejar precipitadamente los pantalones y las rodilleras que les estaba aplicando y salir al vestíbulo.

Todavía llegué a tiempo de verlo patinar, haciendo acrobacias sobre su pie izquierdo.

En el suelo yacía una rinconera de madera que habitualmente sostenía la preciada begonia de Fernanda, a la que sin duda se había asido en frustrado intento de no aterrizar forzosamente, que es lo que precisamente hacía cuando yo terminé de cruzar el umbral de la puerta.

Debo confesarte que me sorprendió menos el ver a un desconocido en cuclillas en el vestíbulo, que encontrar el suelo completamente nevado en el mes de junio, aunque tampoco tuve mucho tiempo de analizar el fenómeno, porque, lanzando gritos de júbilo, empezaron a hacer su aparición los cuatro diablos.

—¡Ha caído!

—¡Es un oso gigantesco!

El hombre, ya puesto en pie, alargó un brazo y asió a Andrés. Después enganchó con una pierna a Joaquincho y lo mantuvo prisionero entre sus rodillas. A continuación, miró a su alrededor con cara más bien diabólica y gesto de lamentar no tener más extremidades para echar mano de los otros chicos.

Yo estaba tan aturdida que me incliné hacia el suelo para palpar aquel níveo manto que tanto me intrigaba. Resultó ser un polvo blanco deliciosamente perfumado. Talco, sin duda alguna.

—No es un oso... —dijo Andrés—. Me parece más bien el tío Jacobo.

La aparición de aquel tío, del que nunca había oído hablar, me hizo despertar. Lo miré y no supe calcular su edad. Podría tener veintisiete o cincuenta y dos años, porque aunque su cara era joven todavía, tenía el cabello casi blanco. También él me miraba sin aflojar la presión de su mano en el hombro de Andrés.

—¿Quién es usted? —dijo al fin.

—María... —respondí.

—¡María! —clamaron a una los cuatro diablos.

—Increíble... Esto es verdaderamente increíble —dijo, soltando a los niños y encarándose abiertamente conmigo.

—¿Increíble? Pues no sé qué tiene de particular... —respondí, tratando de no ver la nevada interior, que no solamente cubría el vestíbulo, sino también las escaleras, su barandilla de madera y los muebles. La tierra y los cascotes de la maceta era la única nota de color.

—Ha sido él —gruñó Andrés, señalando la maltrecha begonia.

—Ha sido él —repetí cuando vi aparecer a Fernanda, que se llevó las manos a la cabeza ante la escena—. Los niños no han tenido la culpa de nada. La planta la ha tirado este señor, que se ha agarrado a ella para no caer.

—¡Santo Dios! ¡Santo Dios! —clamó el tío Jacobo con voz desesperada.

Mas no fueron sus palabras, sino la voz de la abuela la que me hizo recobrar la cordura. Había salido al vestíbulo y decía:

—¡Vaya Jacobo! Veo que los niños te han dado caza... ¡Ya sabes cómo son! Bueno, posiblemente no lo sepas, porque poco te han preocupado hasta ahora. Vamos, entra, no te quedes ahí.

Me quedé sola con los chicos, tratando de imaginar el efecto que tenía que producir en un extraño la decoración de estepa siberiana de nuestra casa. La verdad es que el efecto era magnífico.

—¿Cómo habéis podido hacer esto? —pregunté ya en mis cabales.

Trataron de explicármelo. El calor de la huerta, la cacería, la jungla asfixiante, llena de mosquitos y feroces animales... No recordaban de quién había surgido la idea de irse a un país de nieves eternas para la caza del oso. Tal vez Andrés, que había leído un libro de Jack London. Además, en el cuarto de baño habían encontrado un bote grande, que con sólo apretar un poquito esparcía la milagrosa nevada.

Ellos no tenían la culpa de que al tío Jacobo se le hubiera ocurrido llegar precisamente en este momento, de que la puerta estuviera abierta, ni de que hubiera resbalado con los polvos de talco.

Eran ellos, en todo caso, quienes podían quejarse.

Les había destrozado su nieve dejándola llena de pisadas, además de que, ya lo habían observado, su tío se había llevado muchísima adherida en los pantalones y, como el contenido del bote se había acabado, ya no podían arreglarlo.

—Además, casi me arranca las orejas —se lamentó Andrés— y me ha removido todo lo que tengo dentro de la cabeza. Seguro que me la ha dejado inservible para siempre. Y ahora le dirá cosas a la abuela, cuando los únicos que hemos salido perdiendo somos nosotros.

—Sí, y Fernanda —añadió Joaquincho—. Ha roto la planta de Fernanda con toda su mala intención.

La anciana, que ya había comenzado a barrer la nevada, lo miró con ojos tiernos, desde el interior de una nube de polvo blanquecino.

—Don Jacobo nunca fue comprensivo —me dijo mientras limpiábamos entre las dos la escalera.

Creo que he cambiado, José. Lo noté en ese momento, cuando me di cuenta de que lo encontraba todo tan natural. Las lentejas del techo no me sorprenderían lo más mínimo ahora.

—A veces, me pregunto si este hombre habrá sido joven alguna vez —refunfuñó Fernanda, amontonando la tierra en un cubo y rescatando los esquejes aprovechables para una nueva plantación.

Mientras desempolvábamos el perchero, me dijo que el tío Jacobo era hermano de la madre de los niños.

Catedrático de alguna universidad y, para más detalles, padrino de Andrés.

Le sorprendía su visita, ya que no había estado más de dos veces en la casa después de morir los señoritos.

—En vida de la señorita Eloísa, solía venir todos los veranos, aunque se alojaban en casa de los Beltrán. Tenían mucha amistad. Su hermana decía que si no se quedaba aquí era por su poca paciencia para aguantar a los niños. Me pregunto si habrán venido ya los de Beltrán... Convendría que usted hiciera amistad con ellas, con las señoritas Beltrán.

—No las conozco.

—Si es que han venido, no tardarán en visitarnos porque siempre hemos tenido mucha relación. Tienen la casa de la otra esquina de la plaza, pero cuando los hijos empezaron a estudiar, se marcharon a Madrid, aunque vuelven cada verano, cuando se empieza a trabajar fuerte en la fábrica. La señorita Eloísa vino una vez con ellos, porque tenía amistad con doña Paula, y fue entonces cuando la conoció su papá de usted. Y yo, que siempre he tenido mucho ojo para estas cosas, se lo dije a la señora: "Mire señora, que yo creo que el señorito Joaquín visita mucho a los de Beltrán cuando está la señorita Eloísa". Aunque yo ni soñaba en que se casarían, estando como estaba casado el señorito Joaquín.

De pronto, se interrumpió y me miró cohibida.

—Lo siento... He olvidado que no debía hablarle de ella... Al fin y al cabo, ocupó el lugar de tu mamá...

Y volvió a la cocina, en el momento en que la abuela y el visitante salían de la sala.

Me impresionó su palidez. Su rostro no parecía tan sereno como habitualmente, y trataba al tío Jacobo con gran frialdad.

—Adiós, Julia. Vine convencido de que le traía una buena noticia, pero parece que no ha sido así.

—Efectivamente.

—Espero que cuando lo piense más serenamente, verá que es lo más conveniente. Ha de reconocer que se crían como salvajes.

—Yo no lo creo así.

La abuela abrió la puerta de la calle y nuestro visitante se dio de bruces con una mujer, que estuvo a punto de meterle en el ojo el dedo con que se disponía a llamar al timbre.

Traía a Víctor de un brazo, evidentemente muy en contra de su voluntad. Por otra parte, la cara de Camino, nuestra vecina no irradiaba precisamente felicidad.

—¿Por qué no educa mejor a su nieto? —gritó airada.

—¿Qué es lo que ha hecho? —preguntó la abuela con voz resignada.

—¡Que se lo diga él mismo!

Víctor no parecía muy dispuesto a hacerlo, pero se vio obligado por su tío, que volvió a asirlo por la oreja.

—¡Sólo hacía pis tan tranquilamente!

Camino alzó el grito mostrándonos sus alpargatas amarillas con manchas de humedad.

De sus protestas pudimos deducir que cuando salía de la mercería, tras comprar cuatro metros de trenzadera blanca y un dedal, Víctor se abalanzó sobre ella. Iba en compañía de otros diez o doce chicos de su edad, a plena carrera, e increíble, haciendo pis a la vez.

—Hubiera ganado yo si ella no se mete por medio, porque había hecho una carrera por toda la acera —dijo Víctor con orgullo.

—Pide perdón a esta señora —ordenó su tío Jacobo.

—Ya se lo he pedido.

—¡Inmediatamente!

—Ya le he dicho que lo sentía mucho y todo eso, porque ahora soy educado. Me porto bien con las señoras y con la demás gente.

—¡Pide perdón!

—Basta Jacobo... No saques de quicio las cosas. Lo que quiere Camino son unas alpargatas nuevas. El niño ya se ha excusado. Insistir en que vuelva a hacerlo es una estupidez.

El hombre se debió de enfadar, porque nos dejó sin despedirse ni nada, lo que me pareció una grosería.

Y también me pareció excesiva la cantidad que Camino pidió por sus alpargatas. Creo que valían muchísimo menos porque estaban muy usadas.

—Comprenderá usted que, después de lo que ha hecho su nieto, no puedo volver a ponérmelas —dijo.

—¡Váyase! —gritó la abuela.

Creo que era la primera vez que la veía enfadada.

Estaba acostumbrada a pagar los destrozos de los chicos, pero jamás había visto aquel brillo en sus ojos.

—Abuela… ¿Qué pasa? —pregunté.

—Ese estúpido Jacobo, que está empeñado en quitarnos a los niños…

Sentí sus palabras como una bofetada. ¿Cómo podría nadie quitarnos a los niños?

La abuela me contó lo que ya sabía por Fernanda.

Que Jacobo no había dado señales de interesarse por los niños a la muerte de sus padres. Ni siquiera había ofrecido su ayuda en aquellos momentos en que tanto la necesitaban. No se preocupó de quién se haría cargo de los chicos, y sólo los había visitado en un par de ocasiones.

—Los eduqué a mi modo. Ya sé que no muy bien, pero he hecho lo que he podido. Conseguí que olvidaran, que fueran alegres y, al menos, les di un hogar.

—Lo has hecho muy bien.

—No. Ya sé que no. En esta casa siempre han ido las cosas un poco manga por hombro. Y ahora, precisamente ahora que estás tú aquí y que esto comienza a marchar, Jacobo se acuerda de sus sobrinos y piensa en su educación y en su futuro. Por lo pronto, ha conseguido una beca para Andrés, en sabe Dios qué colegio del extranjero, y dice que el año que viene habrá otra para Víctor.

A mí me pareció innecesario, porque precisamente la escuela de nuestro pueblo es estupenda, y le dije a la abuela que no lo permitiera, que yo no creía que pudiera llevarse al niño sin su consentimiento.

—Tengo miedo a que se empeñe y lo consiga. Es hermano de la madre, y yo, ¡soy tan vieja!

Me duele verla tan abatida, pero no sé qué hacer.

No sé cómo he podido pensar en algún momento que mi deber era abandonar esta casa. Ahora sigo espiando la llegada del cartero, pero es con temor, porque ya no quiero la ayuda del colegio. Ahora quiero ayudar yo.

¡Lástima no saber cómo hacerlo!

Fernanda tampoco es de gran ayuda. Está todo el día dando suspiros y diciendo que en la casa nada será igual sin Andrés. Parece un alma en pena.

Yo también estoy triste.

Los Teobaldos, 8 de junio

Estimado José:

Las cosas marchan cada vez peor. Hoy he tenido que llamar al orden a Fernanda, porque Andrés, después de pasar una noche horrible, vomitando y con violentos dolores de tripa, ha confesado que Fernanda le dio ayer todo lo que quiso: una tableta de chocolate blanco y otra de chocolate negro, una manzana asada, dos bolsas de patatas fritas, cuatro caramelos de menta, dos azucarillos, tres bollos suizos, un polo de fresa y tres pastillas para la tos, de esas verdes, recubiertas de azúcar.

Pero Andrés se siente más asustado del cambio operado en Fernanda que de sus dolores. Me ha dicho que ahora le llama "ángel mío" a todas horas, cosa bochornosa, ya que, además, incluso lo hace en presencia de sus compañeros, de los hinchas del Tremendo y está seguro de que tardarán años y años en olvidarlo.

Nuestra casa no parece la misma y toda la culpa es de ese hombre. Siento una rabia contra él como jamás la he sentido por nadie. ¡Mira que desentenderse de sus sobrinos y aparecer ahora con ese sentimiento de responsabilidad tan inoportuno!

Si algunas personas supieran lo que es carecer de hogar, apreciarían más la maravilla de que los hermanos puedan vivir juntos.

Lo de los estudios no es más que un pretexto. Me parecería bien si aquí no hubiera posibilidades, pero las hay.

Lo que no podemos hacer es lo que quiere la abuela. Ayer, cuando volvió el tío Jacobo, le hizo decir a Fernanda que no estaba, que se había ido a la novena de san Fulgencio, novena que, por cierto, no se celebra en el pueblo.

Con excusas así, lo único que conseguimos es retrasar el momento.

¡Si al menos supiéramos qué hacer!

Los Teobaldos, 16 de junio

Estimado José:

Ayer hablé con ese hombre. Se presentó en casa con una carpeta azul, y como fue la abuela misma quien le abrió la puerta, no pudo excusarse.

Lo que más rabia me dio es que creía ir a tierra conquistada. Fue casi casi un mitin. Habló de la suerte que suponía para Andrés el entrar en aquel centro donde conviviría con otros niños de la mejor sociedad, cosa muy importante para su futuro, y de lo mucho que agradecería el día de mañana los pasos que él había dado para conseguir aquella beca.

Extendió un montón de impresos sobre la mesa y comenzó a rellenarlos, preguntando datos, ya que no sabía el curso que estudiaba Andrés, y ni siquiera recordaba la fecha de su nacimiento.

El que su sobrino hubiera tenido que repetir tercero de EGB le pareció imperdonable, un baldón familiar.

Dijo que se vería obligado a presionar ante el consejo del centro para que pasara por algo un hecho así, y culpó de desidia a la abuela. El hecho de que hubiera terminado cuarto con una nota alta no lo aplacó. Parecía seriamente contrariado por tener que presentar a un alumno con un expediente escolar tan poco brillante.

Yo lo escuchaba indignada, sin poder comprender a la abuela, que lo oía indiferente, como si lo único importante para ella fuera dar término al calcetín que tejía con sus cuatro agujas. Ya veía a Andrés en el colegio, sin que hiciera nada para evitarlo.

Y sentía ganas de gritar.

Durante unos momentos sólo se oyó el rasgueo de la pluma estilográfica sobre el papel y, al fin, la odiosa voz.

—Aquí es donde tiene usted que firmar, Julia.

La abuela le miró con rostro carente de expresión.

—No digas tonterías, Jacobo. No pienso firmar nada. Yo no necesito becas ni colegios de millonarios para mis nietos. Vivirán a mi lado y después irán a la universidad. A la que ellos elijan.

Me sentí orgullosa de ella, y a duras penas contuve el deseo de aplaudir, cuando, sin perder la calma, continuó con el calcetín. Incluso contó en voz alta el número de puntos del talón.

Me sorprendió que Jacobo perdiera los estribos, porque parecía hombre mesurado, pero la trató de inconsciente e irresponsable. Le dijo que estaba echando a perder a los niños, que se criaban como golfillos de pueblo, y terminó diciendo que su hermana aprobaría cuanto él hiciera para sacar a sus hijos de la perniciosa influencia de tan senil actitud.

Fueron las dos últimas palabras las que hicieron desencadenar mi indignación. Temblaba cuando me acerqué a él, que se sorprendió al verme. Estoy segura de que hasta ese momento no había reparado en mi presencia.

—Yo no soy de su misma opinión —dije. Y me sentí contenta del timbre de mi voz, que no sé por qué razón sonó pausada, como de persona mayor—. Su hermana dejó a los niños en las mejores manos que pudiera desear. Yo misma puedo asegurarle que, sin la valiosa experiencia de mi abuela, no me sentiría con ánimo para emprender el camino que me espera al frente de la familia.

No tenía miedo, José, no lo tenía. No sé si me animaban las voces de los niños jugando en la huerta o el monótono canturreo de Fernanda limpiando los dorados de las puertas. ¿O quizá la sorpresa de los dos pares de ojos que me contemplaban? No lo sé, pero lo cierto es que en aquel momento hubiera defendido a dentelladas la unidad de la familia.

He dicho algo de los dos pares de ojos, ¿no? No sé en cuáles veía mayor sorpresa, si en los del hombre o en los de la abuela, que por un momento parecieron llenarse de lágrimas.

—No nos hemos presentado, ¿verdad? —continué—. Soy María Zudaire, la hermana mayor de sus sobrinos.

—¿Decía usted? —preguntó Jacobo. No me quitaba los ojos de encima y su anterior seguridad había dado paso a un gesto de aturdimiento.

—Supongo que usted sabía que su cuñado, el marido de Eloísa, había estado casado con anterioridad.

—Sí, sí, naturalmente…

—¿Y que tenía una hija?

—También.

—Pues bien, soy yo. Dentro de tres días cumpliré dieciocho años. Seré mayor de edad y el pariente más próximo de mis hermanos, y no pienso renunciar a su custodia.

Esto último lo dije con voz firme, pero si supieras qué miedo tenía…

Nada sé de leyes y, por tanto, no tenía ni idea de si era cierto lo que decía, pero la abuela me animaba, asentía con una media sonrisilla de triunfo.

Debí acertar, o el tío Jacobo tampoco sabía de leyes, porque cambió de táctica. No amenazaba, ahora quería ser convincente.

Me habló de lo ventajoso que sería para el niño salir del pueblo, peroró acerca de horizontes culturales, relaciones sociales y la conveniencia de encauzar las vidas de los niños hacia una meta brillante y, vagamente advertí por sus palabras que Andrés debía ser economista. David biólogo, Joaquincho arqueólogo, y a Víctor lo encaminaríamos por las leyes. Primero derecho y posteriormente judicatura.

Cómo había llegado a tal conclusión tras su único contacto con ellos sobre nuestra nevada climatizada es algo que ignoro, pero, tras escucharle en silencio, me convencí de que será fenomenal catedrático de griego y excelente arqueólogo, pero que de niños no tiene ni idea.

Sobre esta base yo también hablé, tratando de hacerle ver que lo más precioso que puede dársele a un niño es la familia. Que también yo apreciaba el estudio y que jamás sería tan egoísta como para no querer desprenderme de mis hermanos si el separarnos fuera el único medio de que estudiaran, pero en el pueblo teníamos una buena escuela y, a sólo diez kilómetros, instituto de enseñanza media. Eso hacía que la formación de los chicos estuviera resuelta durante unos años, y entonces sí sería el momento de que dejaran la casa, pero recalqué que serían ellos, y sólo ellos, quienes elegirían su carrera, porque todo lo que él decía era estupendo, pero, ¿cómo podríamos impedir que Andrés fuera poeta, Víctor ciclista, Joaquincho médico y David actor, si era ése su deseo?

—¿Actor? —dijo horrorizado.

—¡Sí, actor! —repitió con énfasis la abuela—. ¿Es que hay algo malo en ser actor?

Sus palabras fueron como una ráfaga de aire fresco. ¡Si María hubiera sabido qué mujer era su abuela, cuando me dijo: "¿Pensás que una mujer como mi abuela accederá a que yo sea actriz?"!

¡Estaban tan cerca una de la otra! ¡Y pensar que ella creía que nada tenían en común!

Pero la abuela era así. Creo que no podría encontrarse una mujer como ella, tan abierta, tan inteligente y, al mismo tiempo, con ese no sé qué, anticuado y conservador que siempre tienen las abuelas...

Pero ahora, pese a esa sombra de seguridad que siento a su lado, estoy verdaderamente angustiada, porque siento que he ido demasiado lejos y ya no puedo volver atrás.

Tengo miedo de Jacobo. Parece un hombre obstinado. Estoy segura de que consultará con un abogado y, llegado el caso, yo tendría que presentar mi documentación, que no es la mía, sino la de María, y ni siquiera nos parecemos. Las dos teníamos el pelo rubio y los ojos azules, pero éramos diferentes. Jamás se nos hubiera confundido a una con la otra. Y por si fuera poco yo sólo tengo diecisiete años, no los dieciocho que ahora cumpliría María.

He comprobado la fotografía del pasaporte con mi propia imagen reflejada en el espejo, y no ha sido muy animador. Su rostro había sido alegre y el mío tiene algo de melancólico. Las gafas le daban a ella ese aire interesante que tienen las modelos de los anuncios de óptica, y en cambio a mí me hacen parecer la clásica intelectual con tres o cuatro dioptrías, carente de todo atractivo.

¿Qué pensarías si yo probara a parecerme todavía menos? Cualquier chica cambia mucho si se corta el pelo. Quizá con un peinado diferente y un año más, el cambio que se apreciara en la foto se achacaría a eso que llamamos la nueva imagen.

No sé si la idea es aceptable o no, pero voy a ir a la peluquería y me cortaré el pelo.

Los Teobaldos, 19 de junio

Estimado José:

Hoy he apagado las dieciocho velas de una tarta. Es la primera vez que lo hago, y ha sido una sorpresa preparada por la abuela y Fernanda que me ha conmovido.

Los Teobaldos, 23 de junio

Estimado José:

No me reconocerías. Me han dejado "a la última".

El pelo muy cortito por detrás, y despeinado, casi alborotado por delante.

Estoy muy animada porque la cajera del autoservicio ha tardado en reconocerme y la maestra de Andrés, que es simpatiquísima, no me ha saludado al cruzarnos en la puerta de la farmacia.

Yo misma me siento un poco extraña cuando me miro al espejo, pero tengo la impresión de que lo he conseguido porque mi cara parece ahora más alegre. Te diría que casi casi un poquito alocada.

No me parezco en nada a María, pero tampoco me identificaría con la foto de mi carné de identidad, si lo tuviera a mano.

A la abuela le gusto, pero Fernanda está todo el día diciendo pestes de las modas.

Los Teobaldos, 24 de junio

Estimado José:

Ayer conocí en la peluquería a dos chicas con las que creo que podré congeniar. Las Beltrán, esas vecinas con las que Fernanda tenía tanto interés en que hiciera amistad.

Yo estaba sentada en el sillón con mi larga melena goteando agua, a la espera de que me la cortaran, mirando distraída cómo la peluquera iba enroscando en palitos mechones del pelo de Emili, para hacerle uno de esos modernos moldeados, que seguro tú no tienes idea de lo que es. Pirula miraba una revista con la cabeza enterrada bajo un espantoso gorro de plástico, del que salían unas tiritas de su propio cabello, que se decoloraba empapado en un líquido grisáceo.

Nos presentó la misma peluquera al preguntar a las chicas si me conocían, y cuando se enteraron de quién era se echaron a reír. Al principio, no comprendí la causa de su hilaridad, pero cuando me dijeron que aquella tarde pensaban visitarnos y que su madre las había obligado a ir antes a la peluquería, con el fin de causarme buena impresión, yo también sonreí.

—¿Lo ves? A mi pobre madre le horrorizaba que me vieras con el pelo lacio y has tenido que conocerme así —dijo Emili, señalando su cabeza llena de rulitos.

Estoy muy contenta porque tras su visita a casa tengo la impresión de que podremos ser amigas. Son simpáticas, alegres, las dos estudian en Madrid, pero piensan pasar el verano en el pueblo y, como han aprobado todo, su intención es no tocar un libro.

—En cambio, el pobre Guillén..., bueno, tú ya sabes cómo es Guillén —yo ni siquiera sé quién es Guillén—, ha dejado tres colgando. Lo hace todos los años, y yo creo que se venga así de papá, que le hace pasar aquí todo el verano. Así que se divierte durante el curso, y estudia en vacaciones para no aburrirse demasiado. El muy carota consigue aprobar siempre en septiembre.

Después de esta parrafada, Pirula me miró fijamente.

—Oye, ¿no has sentido nunca la tentación de tintarte de azul o anaranjado una parte de la cabeza?

—Jamás.

—Yo sí. Pero te confieso que no tengo valor. Soy demasiado presumida y no sería capaz de enfrentarme al mundo con una cresta anaranjada si veía que no me sentaba bien y eso sólo puedes saberlo cuando te ves ya con ella. Pero es tan..., ¿cómo diría yo?, tan poco convencional... ¡Un pelo tintado me haría sentir que acababa de romper todas las barreras!

Su hermana la miró irónica.

—¡Pero Pirula! ¡Si ya no te quedan barreras por romper!

Nunca había conocido unas chicas así. Son diferentes a mí, pero me gustan.

Mañana vamos a ir los chicos y yo a su casa, porque tienen piscina, y se han empeñado en que vayamos todos los días. Dice Emili que a su casa le está haciendo falta una inyección de gente joven, porque se va pareciendo cada vez más a una residencia para la tercera edad. Vive con ellos un tío abuelo, y además está también Jacobo, a quien calificaron de plomazo.

Les pregunté hasta cuándo piensa quedarse, pero no tenían ni idea.

Jacobo me inquieta. Estoy segura de que no viviré tranquila hasta que se vaya de Los Teobaldos.

Y es una pena, porque empiezo a sentir la alegría de vivir, y me parece algo maravilloso.

Los Teobaldos, 27 de junio

Estimado José:

Me siento del pueblo. Me gusta el pueblo. Soy del pueblo.

¿Cómo iba a sospechar yo, ciudadana de ninguna parte, que había algo más que amar, que también se puede querer el lugar donde se vive?

Mi infancia y adolescencia transcurrieron en dos pequeñas ciudades que nunca llegué a conocer. Nadie me enseñó sus costumbres ni el carácter de sus gentes, y siempre me sentí de paso en ellas. Las compañeras y maestras partían en cualquier momento, a veces incluso antes de haber llegado a conocerlas y quererlas.

Ahora es diferente. Me gusta ver el río, que es el río del pueblo, y las dos pequeñas lagunas. Y la plaza rodeada de tilos perfumados, y las acacias del paseo.

Pero sobre todo, lo que más me gusta es sentirme parte de él. Conocer a casi todos los vecinos. Cuando salgo de casa saludo a la gente. Me conocen el farmacéutico, el cartero, los maestros, la dependienta del supermercado, el dueño del estanco, la empleada de correos, la de la panadería y todos los vecinos de la plaza.

Villanueva de Los Teobaldos tiene algo que me encanta. Es un pueblo industrial, porque te diría que cada familia tiene su conservera y, sin embargo, a veces parece que no han pasado los años por él, que pese a sus piscinas, a los chalés y a las discotecas, continúa como hace doscientos años. Alguna vez te contaré algo de las fiestas, de sus romerías, de sus singulares procesiones e incluso de sus gustos gastronómicos.

Me maravilla haber descubierto esto. Hace que me sienta más feliz, no sé por qué. Que al fin me vea como algo tangible. Aquí soy tan real como la abuela, como Fernanda, como su librito de oraciones, del que siempre asoma una señal que jamás deja de sorprenderme.

Durante el día hace calor, pero al atardecer se está muy bien delante de la casa. La abuela y yo nos sentamos en dos sillones de mimbre, y contemplamos el ir y venir de la gente. Algunas amigas de la abuela se detienen con nosotras. Pasan por la puerta de barrotes de hierro y nos cuentan los últimos chismes del pueblo.

Me gusta. Me encuentro bien aquí.

Los Teobaldos, 29 de junio

Estimado José:

Ahora voy cada día a la piscina con mis hermanos.

Emili, Pirula y Guillén me han hecho volver a sentir la alegría de ser joven. Empiezo a pensar nuevamente en que los vestidos sirven para algo más que para cubrir mi cuerpo, que hay colores que favorecen más, y que me sientan fatal los pantalones con pinzas. No me gusto nada con ellos.

La piscina es algo estupendo. He vuelto a nadar.

Aprendí de niña en una colonia infantil, y pensaba que no sabría hacerlo, pero Guillén tiene razón. Es algo que no se olvida. Debe de estar íntimamente ligado al instinto de conservación.

Guillén, no sé si te lo dije ya, es el hermano mayor de Pirula y Emili, y, como ellas, ha hecho que me sienta cómoda a su lado.

De todas formas, no creas que es lo único que hago, porque como diría mi abuela, en una casa como la nuestra, siempre hay algún trabajo que me reclama.

Mucha ropa que meter en la lavadora, bendito artilugio inventado por no sé qué anónimo benefactor de la mujer, y que aquí jamás está ocioso. Y la ropa que me devuelve blanca, con un ligero deje azulado y su agradable olor a limpio, hay que ponerla a secar en las cuerdas del huerto de la parte posterior de la casa. Arreglar después los innumerables desperfectos, plancharla y colocarla en el armario, donde al día siguiente comienza su nuevo ciclo de uso, lavado, cosido y planchado.

Me ocupo también de la compra diaria, de mantener provista nuestra despensa y acompañar a cualquiera de los miembros de nuestra familia al médico o al practicante.

Tú sabes que siempre he soñado con estudiar. Que seguramente fue la esperanza de que aquí podría hacerlo lo que me impulsó a seguir a la abuela. Pues bien, he dejado de pensar en ello. Me he visto convertida en ama de casa. Una profesión en la que jamás había pensado y que ahora me parece tan necesaria.

Es bueno sentir que se puede hacer la vida agradable a los demás. Tengo la impresión de que mi abuela está contenta teniéndome a su lado. Me parece que me quiere.

Mis hermanos se han acostumbrado a mí. Me echarían en falta si un día me fuera de su lado.

Pero sobre todo, yo los echaría en falta. Nunca soñé con ellos, no sabía cómo se quiere a un hermano y, sin embargo, ahora me gusta decir mi hermano Andrés, mi hermano David... No Andrés y David a secas, sino mi hermano Andrés, mi hermano David...

Claro que son niños que se hacen querer, y te aseguro que no se ven niños tan guapos como ellos en todo el pueblo...

Los Teobaldos, 16 de julio

Estimado José:

Lo que más me inquieta es la presencia en el pueblo del tío Jacobo. Todavía está aquí, y lo malo es que me siento constantemente vigilada por él. Ya te dije que vamos por las mañanas a casa de los Beltrán, y que él vive con ellos ¿no?

Suele sentarse en un sillón cerca de la piscina, con una buena colección de periódicos sobre la mesita. Sé que me espía parapetado tras ellos. Finge leer, pero me mira, deseoso sin duda de cogerme en falta en cualquier momento y aprovechar el menor desliz para llevarse a mi hermano Andrés.

Le tengo tanto miedo, que cuando lo veo adopto una pose de seriedad, de persona respetable, de señora que ha perdido la facultad de reír. Obligo a los niños a guardar religiosamente dos horas de descanso tras el almuerzo, antes de tirarse al agua. Peino y repeinó su pelo mojado, con la raya bien recta y les reprendo si gritan demasiado cuando el tío abuelo dormita bajo el sauce llorón.

No ha vuelto a decir nada del colegio. Tan sólo una vez que nos encontramos en la plaza habló de la educación de mis hermanos. Creo que incluso se disculpó por habernos acusado a mi abuela y a mí de malcriarlos, aunque no estoy muy segura, ya que fue un momento muy violento, porque se empeñó en ayudarme a arrastrar el carrito de la compra cargado de verduras, productos de droguería y una hermosa sandía. Lo recuerdo porque rodó a la calzada y se partió en dos, dada su poca pericia manejando el carro al subir la acera.

Fue entonces cuando me dijo que era una lástima perder el derecho a una beca tan maravillosa, y tuve la impresión de que la pérdida de la beca le afectaba más que el posible beneficio de Andrés.

—Un niño necesita a su familia —insistí, tal vez un poco cabezona—. Como tú sabes, yo no he podido disfrutar mucho de una vida de hogar y sé lo triste que es. Además, ¡es tan pequeño! Ayer me preguntó si, en el supuesto de que yo me casara con el párroco, él sería entonces hijo nuestro y, en tal caso, si pasaría automáticamente a ser monaguillo.

Debí de decir una monstruosidad, porque se detuvieron él y el carrito y me miró horrorizado.

Dijo que era increíble tal falta de cultura, ya que él a la edad de mi hermano Andrés estaba al tanto de todo lo relativo al celibato sacerdotal.

—Bueno... —respondí casi sin darme cuenta—, tal vez por eso me cuesta tanto creer que hayas sido niño alguna vez.

Me mordí la lengua demasiado tarde, pero Jacobo no debió de ofenderse, porque sonrió y me pidió que le dejara los niños el sábado próximo.

—Quiero disfrutar de su compañía y demostrarte, a la vez, que no sólo he sido niño, sino que tal vez sigo siéndolo un poco.

Accedí, pero después me apenó. Tengo miedo de que se lleve a mis hermanos a su bando. Los niños son débiles y se les convence fácilmente.

Sin embargo, Fernanda se rió cuando le confesé mi temor.

—Descuide usted, que no se le hará de noche con ellos... Si lo decía mil veces la señorita Eloísa, que si su hermano paraba en casa de los Beltrán era tan sólo por no aguantar a los niños. Los solteros se hacen comodones, y no lo digo por mí, que aquí me ve...

Mi abuela es la que se enfadó un poco. Todo lo de este hombre la saca de quicio. No lo puede ver ni en pintura.

Yo todavía tengo la esperanza de que el sábado se le olvide venir a buscarlos.

Los Teobaldos, 19 de julio

Estimado José:

Jacobo no se olvidó, y creo que no se olvidará en mucho tiempo. A pesar del calor, vino a buscarlos de traje y corbata. Se le veía optimista y nos dijo que no los esperáramos a comer, ya que su programa abarcaba el día entero.

Los niños se fueron tan contentos que me sentí inquieta. Tan inquieta que la abuela me obligó a marchar como cada día a la piscina de mis amigas, y allí estaba tomando un aperitivo con los tres hermanos y sus padres, cuando como una procesión comenzaron a aparecer Joaquincho, David, Víctor, Andrés y, detrás, Jacobo.

Traía un gesto entre abatido y furioso, y me hizo una simbólica entrega de ellos, señalándolos con la mano.

Dijo que le habían dado el día. Los había llevado a casa de un amigo suyo que vivía en un pueblo a treinta kilómetros de Los Teobaldos, que poseía una magnífica colección de fósiles, seguro de que sería algo cuya contemplación un niño no podría olvidar jamás. Pues bien, en un rato de descuido, los niños no sólo le habían desordenado la colección, sino que se habían peleado entre ellos, utilizando las preciosas piedras como proyectiles, lanzándoselas unos a otros.

Afortunadamente, la esposa de su amigo era una mujer comprensiva, y haciéndose cargo de la situación se llevó a los chicos fuera del despacho, al menos hasta que el coleccionista recobrara el habla. Pero mientras preparaba un vermut para los hombres y unas golosinas para los niños, éstos salieron de la casa, causándoles el susto consiguiente y, obligándoles a ir en su busca, para la cual tuvieron que requerir la ayuda de un guardia municipal, que, gran conocedor del alma infantil, encontró a Joaquincho montado en una apisonadora que trabajaba en la carretera, charlando animosamente con su conductor, a Víctor paseando en la bicicleta del repartidor del pescado, a Andrés presenciando un partido de fútbol en el club de jubilados, y a David sentado en la plaza, conversando con la única mujer de mala reputación del pueblo, de quien, al parecer, se había hecho muy amigo.

Yo creo que Jacobo no había perdido completamente el ánimo, porque los metió nuevamente en el coche, y todavía tuvo humor para continuar el paseo.

Pero mis hermanos tampoco supieron apreciar aquellas ruinas romanas, que más tarde calificaron de "montón de piedras" y su tío, por otra parte, volvió a distraerse con la jefa de la excavación, digna directora de un museo.

Pues bien, en esta ocasión el tío de mis hermanos tuvo que oír cómo interrumpía su animado coloquio una extraña voz que salía del pecho de David, y que decía "¡Carajo!" y "¡Qué contrariedad!" con mucho desparpajo.

Era un loro. Un loro salido de Dios sabe dónde, y que mi hermano quería traerme como regalo. David es así, siempre me hace regalos curiosísimos.

Él insistía en que lo había encontrado, pero unos chicos del pueblo dijeron que el médico tenía un loro igual, así que volvieron a montar en el coche y vuelta nuevamente al pueblo a devolver el loro, que Jacobo suponía escapado de su jaula, aunque la empleada del doctor no creyó que el pájaro fuera capaz de abrir la jaula con el pico, como decían los niños.

Mientras Jacobo se disculpaba con la chica, con el médico y dos o tres pacientes que guardaban turno en la sala de espera, los chicos volvieron a escaparse, esta vez tras una furgoneta con dos altavoces, que anunciaba la venta de pantalones, jerseys, zapatillas y ropa interior de señora y caballero a precios de auténtica ganga.

Para cuando les dio alcance, ya estaban en la plaza del pueblo, ayudando a los de la camioneta, gentes de pésimo aspecto, al decir de Jacobo, a colocar en improvisadas mesas el género para vender.

Creo que cuando apareció la pareja de la guardia civil para detener a los vendedores, a quienes había denunciado un comerciante de algún pueblo cercano por haber desvalijado su tienda, Jacobo se sentía ya al límite, y eso que no lo retuvieron más que unos minutos que atestiguó en su favor diciendo que era un eminente arqueólogo que nada tenía que ver con los ladrones.

Después de contar todo esto, sin el menor sentido del humor, se sentó en una hamaca y se sirvió un vermut doble, que apuró de un trago.

—No me he divertido nada —se lamentó Joaquincho, sin percatarse de la mirada asesina de su tío.

Y sin la menor compasión nos dio su versión de la mañana.

Visto que su tío no sabía divertirse, intentaron que lo pasara bien, para lo cual le propusieron alquilar unas bicicletas y participar en un cross popular que se celebraba en las afueras del pueblo. Pues bien, él no fue capaz de subir pedaleando una sola cuesta. Se bajaba y empujaba la bici. Por su culpa, Víctor no había ganado el trofeo, ya que era el mejor de los corredores infantiles, porque les daba lástima verlo tan agotado, y lo tenían que esperar al final de las cuestas, e incluso ayudarle a arrastrar la bici.

—Lo malo no es que el tío Jacobo sea aburrido —reflexionó Víctor en voz alta—. Lo peor es que no es vigoroso. Nada vigoroso.

Guillén fue el único que se rió, dando palmaditas de ánimo en el hombro de Jacobo, que volvió a servirse ahora un whisky seco, lo que me pareció significativo, porque yo creía que no bebía.

De lo que estoy segura es de que ya ha olvidado sus deberes familiares y de que jamás buscará becas ni colegios para sus sobrinos, lo que, de momento, no deja de ser un gran alivio.

Los Teobaldos, 29 de julio

Estimado José:

Ya se ha ido. Ayer vino a despedirse de nosotras y ni siquiera preguntó por mis hermanos. Ya no le preocupa que corran por el pueblo, ni le importa su porvenir. Se veía claramente que lo único que quería era perderlos de vista inmediatamente.

Mi abuela parecía feliz, incluso ha bromeado con él, y cuando ya ha cerrado la puerta a su espalda, la he visto frotarse las manos una con otra, en inconsciente gesto de satisfacción.

Tengo la impresión de que la vida no nos depara, de momento, más sobresaltos.

Los Teobaldos, 12 de septiembre

Estimado José:

Seguro que pensarás después de la última carta que, tras la marcha del funesto Jacobo, nuestra casa va sobre ruedas, pero parece que no hay dicha completa.

No se trata ahora de que David haya vuelto a perder los zapatos, ni de la vecina que viene a quejarse de los chicos. Han vuelto ya al colegio y todavía no dan ningún problema. Pero fíjate, no tenemos dinero, y en eso sí que nunca había pensado.

Mi abuela tiene frutales y una fábrica de conservas, y como yo nunca he tenido nada, la sola idea de poseer algo siempre me había parecido riqueza. Pero con la fruta parece que no se gana mucho dinero, y creo que ya te he dicho alguna vez que en Los Teobaldos casi existe una conservera por familia, lo que te dará idea del volumen de estas industrias.

Pero como la abuela nunca se ha quejado, como vivimos con una cierta holgura, y como los problemas de la casa siempre me han parecido más de falta de organización que de medios, te aseguro que jamás me había preguntado por el dinero.

Pero hace ya tiempo que la noto triste, más silenciosa que de ordinario, aunque lo achacaba a la marcha de Fernanda, porque todavía no te he dicho que Fernanda se ha ido, dejándonos un vacío difícil de llenar.

La verdad es que hace ya tiempo que debiera haberse jubilado, pero es tan fuerte, tan activa y quiere tanto a los niños, que lo ha ido posponiendo, hasta que recibió la carta de la residencia de jubilados diciéndole que tenía una plaza a su disposición.

La animamos a ir. ¿Qué otra cosa podíamos hacer, si tiene merecido el descanso, si nos ha dado todo lo que era capaz de dar? La residencia está tan solicitada que podría darse el caso de que en mucho tiempo no hubiera otra plaza si la rechazaba, y la abuela se creyó en el deber de aconsejarle que se fuera, aunque sé lo que le ha costado. ¡Han vivido tantos años juntas!

Es por eso que no me extrañaba su abatimiento, pero no podía sospechar que hubiera más motivos, hasta hace unos días en que le dije que tendríamos que comprar pantalones para Andrés, porque ha crecido tanto que los del año pasado no le llegan al tobillo, y me confesó que no tenía dinero. Estamos en el mes de septiembre y hemos gastado el dinero de todo el año.

Por si fuera poco, Fernanda no había cobrado los dos últimos meses y, lo que más le dolía, no había podido darle la gratificación que siempre había pensado en el día de su jubilación.

—Es una vergüenza que Fernanda haya salido de la casa con las manos en los bolsillos, después de cincuenta años de servicio —me dijo.

No supe qué responder, porque no tenía idea del dinero que entraba en la casa ni de cuánto se gastaba, pero como yo hacía casi todas las compras, pronto tuve la respuesta a una de las preguntas. Nuestros gastos eran los normales de una familia como la nuestra. Quizá la abuela era un poco desordenada, pero los caprichos que daba a mis hermanos no eran como para dejarnos en la miseria, y llegué a la conclusión de que cualquier propietario de una fábrica como la nuestra vivía mucho mejor que nosotros. ¿Por qué?

No quise agobiarla, pero como se acerca el invierno y Andrés continúa creciendo, tomé una tarde la determinación de ir a la fábrica para hablar con Julián.

Necesitaba su consejo. Conocía a mi abuela hacía ya muchos años, y seguramente me daría alguna orientación de por dónde se escapaba el dinero.

Se llevó una sorpresa al verme y debió de creer que mi interés era solamente ver la fábrica, porque me la enseñó encantado y me mostró el proceso de embotado. Después me dijo que tenía mucho trabajo y que saludara a la abuela en su nombre. La despedida era clara, pero me armé de valor.

—Julián, quería hablar contigo... Estamos sin dinero.

Su sonrisa me hizo sospechar que no se sorprendía, que ya en otras ocasiones había oído lo mismo, y me sentí avergonzada cuando me preguntó cuánto necesitábamos.

—El caso es que no era mi intención pedirte nada. Comprenderás mi inquietud cuando mi abuela me ha dicho que hemos gastado lo que debía durar el resto del año y, en fin… yo sólo quería preguntarte, ¿cuánto era?

Me pareció tan violento como yo, y que quería eludir la respuesta. ¿Le parecía, tal vez, demasiado indiscreta? Creo que me ruboricé al pensarlo, pero proseguí firme.

—El asunto es muy serio, Julián. Mi abuela tiene muchos años, yo llevo prácticamente la administración de la casa, y además de ese anticipo que creo que me has ofrecido, necesito saber con qué cantidad de dinero puedo contar para el año que viene.

Creo que empecé a dudar de él al verle titubear y resistirse a darme una respuesta. Se le veía dispuesto a rellenar un talón de banco, pero no a decirme cuánto había entregado a mi abuela. Me habló, eso sí, de la incertidumbre de la campaña. Unos años eran buenos, otros menos buenos, y otros, como el presente, francamente malos. No podía hacer una previsión así, a largo plazo. Comprendía nuestra situación, ya que éramos muchos en casa, pero quería que comprendiera yo también que Julia nunca había sido una buena administradora. Últimamente se le olvidaban las cosas… Tal vez hubiera gastado alguna cantidad importante y ahora no lo recordaba… Estaba también el asunto de mi accidente…

—Los gastos del accidente los costeó el seguro. Nos pagaron incluso la ropa de la maleta que se perdió. Por otra parte, mi abuela está perfectamente lúcida.

Lo único que pude conseguir de él fue que me extendiera un cheque. Volvió a referirse al trabajo que le agobiaba y se excusó por la ausencia del contable, que estaba de vacaciones, y que era quien podría atenderme mejor que él.

Te aseguro que me sentía triste cuando salí de allí.

Tú sabes que nunca he envidiado las cosas materiales, pero el ver a María Rosa Carreras, la hija del propietario de Conservas La Salud, conduciendo un Panda rojo me llenó de perplejidad. Su fábrica no era mayor que la nuestra y, sin embargo, los tres hermanos tenían coche, y me parece a mí que cuatro coches en una familia es un claro signo de prosperidad.

Por otra parte, me humilló la naturalidad con que la abuela aceptó el dinero. No le sorprendió lo más mínimo, y me aseguró que Julián era comprensivo y que jamás habían tenido problemas en asuntos monetarios.

Pero yo no participaba de su tranquilidad, y me decidí a hablar con ella después de cenar, mientras entre las dos recogíamos la vajilla.

—Abuela, ¿crees posible que Julián te engañe?

Siempre me parece sorprendente su sagacidad. Me entendió enseguida.

—¿Engañarme? Hija mía... Hace muchísimo tiempo que estoy segura de ello.

—¿Y no piensas hacer nada?

—¿Y qué puedo hacer? ¿Podría acaso llevar yo los negocios? ¿Encontraría a otro más honrado que lo hiciera? Mi vida es, lo que suele decirse, ir tirando. No puedo permitirme el lujo de complicarla más, aunque me resulte curioso que la fruta esté tan cara cuando tenemos que comprarla, y por los suelos cuando yo la vendo...

Mi abuela es así, José. Ve las cosas y se resigna a que continúen funcionando de manera irregular. No afronta los hechos, tiene miedo y tal vez su postura es la más cómoda.

Sin embargo, yo me rebelo. Tal vez no lo haría si no estuvieran mis hermanos por medio. Creo que no solamente necesitan ser atendidos en el hogar, sino también en sus intereses. Al fin y al cabo, los pantalones, las botas, los libros y el corte de su pelo deben ser pagados por la fábrica de la que son propietarios, ¿no?

Estoy inquieta. Son las cuatro de la mañana y, como no podía dormir dándole vueltas a todo esto, he vuelto a mi vieja costumbre de escribir para contártelo todo. Creo que esto serena mi ánimo.

Los Teobaldos, 30 de septiembre

Estimado José:

Me gustaría tanto poder hablar contigo... Cuando cada día me pregunto dónde estarás, si tal vez sales con alguna chica, si terminaste los estudios, créeme que no me resigno a haberte conocido y a perderte tan pronto.

El mundo no debería ser tan grande como para no tener la posibilidad de volver a encontrarnos casualmente.

Hoy me duele la cabeza y además me siento triste.

Víctor tiene paperas y ha contagiado a los demás chicos. Se niegan a permanecer en la cama, y en cuanto les doy la espalda convencen a la abuela para que les deje levantarse. Me preocupa que se enfríen, porque el médico me ha dicho que las paperas son más serias en los niños que en las niñas, porque suelen dejar malas consecuencias. Al parecer, de esterilidad. Yo no tenía ni idea.

He interrumpido la carta para atender el teléfono.

Era nuestra vecina Camino. Está muy enfadada porque sus tres hijos, que juegan habitualmente con los nuestros, también están con paperas. He tenido que excusarme como si la culpa fuera nuestra.

Se nos ha estropeado la lavadora. Ha venido el técnico y dice que tendrá que cambiarle el motor. La abuela se niega porque ya lo cambiaron el año pasado.

Dice que el servicio técnico de esa casa es un desastre y que tal vez sea mejor que compremos una nueva cuando vendamos los membrillos.

Voy a dejarte.

Oigo la voz de Espinete, lo que quiere decir que alguno de mis diablos está delante del televisor.

Te echo mucho en falta.

Mucho.

Los Teobaldos, 2 de octubre

Estimado José:

Te saluda la nueva contable de Sucesores de Víctor Zudaire.

No sabes cuánto lamento que no leas esta carta, porque sé que te alegrarías mucho con esta noticia.

Hoy he vuelto a ver a Julián Arribas. Ya sabes que después de hablar con él y con la abuela empecé a darle vueltas al asunto. Me parece indignante que mis hermanos lleven rodilleras en los pantalones y que él inaugurara el domingo un chalé con piscina como de artista de cine.

¿Te acuerdas de cuando me hablabas de la voluntad? Ya entonces pensaba que era mi única dote y que tendría que hacer buen uso de ella. Esta mañana me he levantado dispuesta a hacerle la vida imposible al administrador. Que me acusara de pelma, de ambiciosa, de lo que fuera, me daba igual. Lo importante para mí era dar seguridad a la abuela y a los chicos.

Así, he vuelto a la fábrica y, haciendo como que no veía su gesto de contrariedad, me he sentado en el despacho sin esperar a que me invitara.

Julián es un hombre educado, pero cree que soy una niña, y yo pretendo que vea en mí a una mujer, así que le he dicho que quería hablar con el contable.

Ahora resulta que no hay contable aunque hace unos días me dijo que estaba de vacaciones. Recuerdo que precisamente me sorprendió que hubiera tomado sus vacaciones en plena campaña.

Pues bien, no hay contable. El mismo Julián es quien lleva la contabilidad, y por cierto bastante atrasada, debido a lo sobrecargado que estaba. Él haciendo los pedidos, él llevando la producción, él encargándose de la publicidad de nuestros productos y su comercialización…

Estoy segura de que hubiera añadido con gusto que también llevando la corriente a crías estúpidas y curiosas que tratan de interferirse en las cosas serias, pero no lo ha hecho; Julián jamás pierde los estribos.

Y ha sido entonces cuando se me ha ocurrido decirle que yo podía dedicar un par de horas cada día a llevar la contabilidad, que me sentía capaz de hacerlo.

Bastaría con que él me pusiera al corriente.

A él no se lo dije, pero tú sabes que yo hice estudios administrativos.

De todas formas, vi que las dudas de Julián no eran acerca de mi capacidad, porque cuando ya llevábamos un rato hablando comenzó a mirarme de otra manera, con un cierto respeto. Estoy segura de que su contabilidad no era muy clara, y temía que yo lo descubriera.

—No sé... No sé... —decía—, comprende que esto es más complicado de lo que parece, y tú tan joven...

—Ponme a prueba durante un mes. Vas a pagarme un sueldo y es natural que me exijas. Me presto a ello porque estoy segura de mí misma.

No le quedó más remedio que aceptar. Sobre todo cuando le aseguré que necesitaba ganar algún dinero y además dejé caer con la mayor tranquilidad el embuste de que si no conseguía dinero no vendería aquel año los membrillos a nuestra fábrica.

—Compréndelo, dos conserveros de Mendavia ya nos han ofrecido dos pesetas más de lo que pagas tú, y el momento en casa no es tan feliz como para permitirnos el lujo de rechazar la oferta.

—Hablaremos también de eso, María... Y, en cuanto a lo de la contabilidad, dame una semana para ponerla al día y te la pasaré.

He salido feliz de allí. Y no sólo por el dinero que podré aportar a la familia, que ya sé que será poca cosa, sino porque soy una buena contable, y aunque sé que durante esta semana Julián puede hacer lo que quiera con las cuentas, le va a ser difícil engañarnos de ahora en adelante.

Estoy segura de que los resultados de beneficios que ha presentado hasta ahora a la abuela son ridículos.

Ella, cuando se lo he contado, se ha echado a reír creyendo que lo de trabajar era una broma, o tal vez un modo de asustar a Julián, pero al ver que hablaba en serio me dijo que yo no podía hacer más de lo que hago, así que le he dado cuatro besos, y la he convencido de que estando los chicos en el colegio bien puedo faltar de casa por la tarde. Después de todo, antes de venir yo, la casa marchaba.

Y pásmate... se ha echado a llorar. Me ha dicho que ya no podría vivir sin mí y que tiene la impresión de estar exprimiéndome como a un limón.

Ya te dije que la pobre está pasando una mala temporada desde que se fue Fernanda. Está triste y melancólica, así que estoy pensando en llevarla al médico, aunque sé que se resistirá, pero creo que tiene una fuerte depresión. Ahora le ha dado por decir que yo debería estar en la universidad y que esta vida que hago lo ha impedido.

Su obsesión es rezar. Creo que Fernanda, a su lado, era francamente irreligiosa. Todas las tardes va a la iglesia, y debe de encontrar consuelo en la oración, porque regresa más animada.

Hoy mismo, cuando entraba en casa, lo hacía riéndose sola y, cuando se ha dado cuenta de que la miraba, me ha dicho:

—Estoy pensando en los membrillos... Si Julián no ha dicho nada, es seguro de que por ahí los están pagando no dos, sino al menos tres pesetas más caros que él... Me parece que no estaría mal que lo intentáramos. Al fin y al cabo, una peseta más por kilo en una cosecha como la de este año es una cantidad apreciable.

Me he alegrado, José. Y no ciertamente por la peseta, sino porque he vuelto a ver en ella a la de antes.

¡Es tan estupenda!

Te aseguro que si alguien la hubiera animado en su momento, llevaría la fábrica ella sola. Un empujoncito hubiera bastado.

Estoy contenta pero nerviosa. ¿Te sorprende?

Los Teobaldos, 8 de noviembre

Estimado José:

Guillén me está enseñando a conducir. Me parece que no te he dicho todavía que se ha quedado en el pueblo. Estudiaba arquitectura y lo ha dejado, porque al parecer eso de que estudiaba es un decir, ya que no pegaba golpe.

No sé si la idea ha salido de su padre, que se ha cansado de su holgazanería, o si ha tomado él mismo la decisión, pero el caso es que está aprendiendo a llevar el negocio familiar, que es una planta congeladora de verduras, la única industria importante de Los Teobaldos.

Lo de aprender a conducir se me ocurrió hace unos días, cuando ayudaba a Víctor a pintar su bicicleta.

Como nos sobraba mucha pintura y mi hermano le había cogido afición al oficio, me propuso dar una mano al coche. Un dos CV que hay en el garaje, y que yo creía que no funcionaba, porque los chicos lo utilizan para jugar. A veces, es fortín, a veces, nave espacial, y últimamente servía como Caja de Reclutamiento Militar, porque hace unos días tallaron a los quintos en el Ayuntamiento y el proceso causó gran expectación entre los chiquillos del pueblo.

La abuela llegó a tiempo. Justo cuando nos disponíamos a dar el primer brochazo de violento tono anaranjado.

¡Qué disparate! Por poco hacemos una barbaridad, ya que el coche estaba sin estrenar. Lo había comprado Eloísa, la madre de los niños, y por desgracia jamás pudo utilizarlo, quedándose en el garaje, acumulando todo aquel polvo que le daba aspecto de ruina mecánica.

—¿Y por qué no lo arreglamos abuela? Si yo aprendiera a conducir, podría llevarte cuando quisieras a ver a Fernanda y no tendríamos problemas para hacer las compras fuera del pueblo.

Le pareció una idea genial. Ha hecho venir a un mecánico para repararlo, y nos ha prometido que quedará como lo que es: nuevo.

Como en el pueblo no hay academia de conductores, Guillén me lleva a una fábrica de las afueras, donde ya han recogido la cosecha, y me da instrucciones.

Las carreteras de cemento por las que entran los camiones hacen las veces de pista de aprendizaje. Yo no lo hago del todo mal, y además Guillén tiene mucha paciencia.

No hay duda de que es un buen amigo, aunque a veces parece tener un corazón de piedra. Ayer, pese a mi cansancio, me hizo aparcar treinta y dos veces entre dos montones de arena y cada vez que lo intentaba y volvía a verse la huella del neumático en uno de los montones, me decía que era un golpe dado a otro coche, y vuelta a empezar. Al final, como no podía más, me eché a llorar. Fue una idiotez, pero me sentía tan inútil... Además, mis lágrimas no le importaron nada, porque fueron en el intento número veintitrés, y ya te he dicho cuántos hubo.

Pero estoy segura de que aprenderé, o Guillén muere en el intento.

Los Teobaldos, 15 de noviembre

Estimado José:

Hemos cobrado ya nuestra cosecha de membrillos y, tal como predijo la abuela, conseguimos tres pesetas más por kilo de lo que en principio ofertó Julián.

En cierta manera, me parece tonto que nos alegremos tanto de habernos pagado nosotras mismas un precio más alto, porque en realidad somos nosotras mismas quienes lo hemos pagado, pero suponemos que también otros años hemos comprado caros nuestros propios membrillos aunque no hayamos recibido el beneficio: la vida es así.

He pasado unos días difíciles, porque por primera vez he presentado mi falsa documentación para conseguir el carné de conducir. Lo he hecho descaradamente y no ha ocurrido nada. No he tenido el menor problema.

Me he estrenado como conductora y no lo he hecho del todo mal. Ayer domingo llevé a la abuela a visitar a Fernanda, que está encantada en la Residencia. Después, salí con mis hermanos a dar un paseo.

El trabajo en la fábrica me resulta agradable. Tras los primeros días de tensión con Julián, que no fueron fáciles, nos entendemos bien. Me parece que incluso está contento de haberse liberado de la contabilidad, los seguros sociales y la correspondencia.

Mis días están tan ocupados que apenas salgo de casa. Por otra parte, no están Emili y Pirula, tampoco sabría qué hacer.

Los Teobaldos, 16 de noviembre

Estimado José:

Soy una mentirosa. Cada día miento mejor.

Ayer no te lo dije, pero cuando te escribí me sentía horriblemente triste. Además, todo me sale tan bien… ¿Por qué nadie duda de mí?

Creo que el hecho de que mis mentiras sean aceptadas tan fácilmente, que nunca haya tenido una complicación, es lo que me entristece.

¡Si al menos tuviera que luchar! Engañar a la abuela me parece como engañar a un niño, y esto me hace sentir tan vil, tan indigna...

Toda mi vida es una mentira de la que ya no me siento capaz de salir.

Siento tanta vergüenza de mí misma, que quisiera morirme, José.

Los Teobaldos, 18 de noviembre

Estimado José:

Jacobo ha vuelto a venir. Parece que tiene intención de quedarse todas las Navidades en casa de los Beltrán, y te aseguro que no me hace nada de gracia.

Se presentó en casa hace tres o cuatro días, y aunque ya no habla de llevarse a Andrés, ni del colegio, me siento constantemente vigilada por él, lo que me tiene en una terrible tensión nerviosa. Estoy segura de que quiere cogerme en alguna falta gorda, y eso que trata de mostrarse amable. Incluso nos trajo regalos. A la abuela un abanico y a mí, una caja de bombones, pero sé que tras esta gentileza continúa opinando que soy incompetente y que la abuela chochea. ¿Por qué si no nos visita? Ayer mismo vino justo en el momento en que salíamos de casa a comprar los regalos de Reyes. Tuvimos que cambiar el plan, darle conversación y a las nueve, como no parecía tener intención de irse, lo invitamos a cenar y aceptó tan tranquilo.

La abuela estaba de un genio terrible. Yo no respiraré hasta que se vaya.

La vida es de por sí bastante difícil sin tener un censor hasta en la mesa, así que con él...

Los Teobaldos, 22 de diciembre

Estimado José:

Resulta que Pirula se llama Felicia. Me enteré ayer de forma casual, porque un chico llamó confundido en nuestra casa creyendo que era la suya. Los Beltrán viven en invierno en la casa de la plaza, muy cerca de nosotros.

Como te decía, llamaron a la puerta y abrí. Encontré a un chico que, si llega a ser de noche, me muero del susto. Y el caso es que mirándolo era guapo. Guapísimo, diría yo, pero con una pinta que asustaba. Pelo largo y sucio, y una especie de túnica raída sobre los gastadísimos vaqueros. Sandalias, pese a la inclemencia del tiempo, y un capazo de paja, colgado del hombro con una cuerda mugrienta, por todo equipaje.

Yo pensé que venía pidiendo limosna y estuve a punto de darle cinco duros, fíjate qué horror si llego a hacerlo, porque con una voz tan agradable que no parecía salir de aquel cuerpo preguntó si estaba Felicia en casa.

Cuando le dije que no, y que además, nadie de la vecindad se llama así, insistió en que sí, que sabía que en la plaza vivía Felicia Beltrán. Le indiqué entonces la casa de mis amigos y allá se fue con su cara de iluminado y su capazo de paja.

Desde luego que el amor debe de ser algo extraordinario, porque jamás hubiera supuesto que Carlos, aquel Carlos tan maravilloso de quien hablaba mi amiga, tuviera ese aspecto.

La abuela me ha dicho que los padres de Pirula están preocupados. No le conocen todavía, pero saben que vive en una comuna. Como todos los padres, tienen un especial concepto de la vida. Son muy convencionales y no aceptan un estilo de vida así.

Sin embargo, pienso que Pirula es una chica sensata a pesar de su aire desenfadado (¿sabes que al fin se tiñó el pelo de rojo?) y que, si quiere a Carlos, algo bueno tendrá. Además, creo que no es ningún capricho porque…

He perdido el hilo de lo que iba a decirte, porque he tenido que salir lanzada de mi habitación a causa de los ruidos y golpes que se han oído por la escalera. Era Joaquincho, que ha caído desde el último tramo. Estaba metido dentro de la caja de la nueva lavadora, el mejor juguete que ha tenido en su vida. Es coche, tienda de campaña y garita de centinela, todo en una pieza. Estaba arrastrándose con ella por el pasillo, no ha calculado bien la distancia y se ha precipitado por las escaleras.

Creo que le ha salido un chichón muy respetable, pero el susto quedará sólo en eso.

Los Teobaldos, 24 de diciembre

Estimado José:

Donde quiera que estés, y aunque no me recuerdes, ¡Feliz Navidad!

Los Teobaldos, 3 de enero

Estimado José:

Jacobo quiere educarme. Se ve claramente que no confía en mí ni en mi preparación cultural y le aterra que influya negativamente en sus sobrinos. ¿Por qué si no continúa observándome con su mirada crítica?

Estoy intranquila. Te aseguro que cuando lo veo aparecer en casa se me cae el alma a los pies. Me está amargando la vida.

El día de Año Nuevo los Beltrán nos invitaron a comer y allí estaba él. Lo que me extraña es que lo soporten y te aseguro que lo soportan bien. Incluso creo que es muy apreciado y que los padres de mis amigas se alegran mucho cuando viene al pueblo, pero, claro, ellos no le temen.

Todo fue muy bien hasta los postres. Mis hermanos se comportaron educadamente, yo no cometí un solo error y Jacobo se mostró buen conversador. Como te digo, estaba resultando una comida agradable.

Hasta que se fijó en Joaquincho. Y digo se fijó, porque creo que aunque Fernanda decía que no aguantaba a los niños, yo más bien creo que los ignora.

—¿Ya estudias? —le preguntó. Es lo único que le interesa de ellos.

Estoy segura de que Joaquincho se quiso lucir y para ello dijo algo que seguramente oyó alguna vez a los mayores del colegio.

—Nestorio negó que la Virgen María fuera madre de Dios.

Como es natural, nos quedamos mudos de asombro y nos hubiéramos echado a reír al recuperar el habla, si mi abuela, horrorizada, no hubiera dicho:

—¡Virgen santa! ¿Ese Nestorio es alguno de esos socialistas que tenemos ahora en el gobierno?

A mí, ¿qué quieres que te diga? Cuando la abuela o cualquier otra persona de su edad dice una cosa así, me enternece, me impulsa a mirarla con cariño, pero Jacobo, sin el menor sentido del humor, se puso rojo como un tomate y la miró como si ella hubiera eructado, y él, hombre educado en grado sumo, fingiera no haberlo advertido. Mirándola de reojo, comenzó a explicar a Joaquincho, que tiene seis años, que Nestorio, prelado y heresiarca, nació en Germanicia y murió hacia el cuatrocientos cincuenta y uno, que fue denunciado como hereje por san Cirilo de Alejandría y condenado y depuesto por el Concilio de Éfeso. Que la historia del Nestorianismo se desarrolló en Siria, que una parte de los nestorianos se unió a la iglesia católica, etc.

Evidentemente, sabía del asunto mucho más que nosotros, pero acaparó toda la sobremesa con su discurso y ni siquiera advirtió que Joaquincho se había quedado dormido.

Al día siguiente, vino a casa a traerme algunos libros. Estaba convencido de que su disertación me había interesado y con ellos podría ampliar el tema y, tal vez, la misma abuela querría leerlos.

Me dio rabia. Me dio muchísima rabia. Mi abuela es una mujer muy inteligente. Tiene la cultura que el tiempo y el medio en que nació le dieron. ¿Para qué necesitaba una mujer de entonces saber nada de Nestorio, si todo su horizonte era bordar, tocar el piano, llevar dignamente la casa y ser el reposo del guerrero?

Pues bien, mi abuela sabe bordar. La casa está llena de detalles que nos hacen la vida agradable y que dan fe de su habilidad. Todavía toca el piano, aunque el reuma haya restado agilidad a sus dedos. Guisa maravillosamente y ha tenido dos maridos, a quienes estoy segura de que hizo muy felices.

Pero por encima de todas estas cualidades, que de ningún modo menosprecio, está su inteligencia. La veo en su modo de actuar en la vida y brilla en sus ojos azules como una chispita, en su sentido del humor del que hay tantas personas que carecen aunque estén forradas de títulos y diplomas. Mi abuela les daría ciento y raya, si las mujeres hubieran tenido siempre las mismas oportunidades que los hombres.

José, a veces me siento feminista. No lo puedo evitar.

Los Teobaldos, 9 de enero

Estimado José:

He tenido un encuentro verdaderamente desagradable con Camino, la vecina de al lado.

Está empeñada en que han sido mis hermanos quienes han contagiado los piojos a sus niños. Ella lleva a sus hijos como los chorros del oro (palabras textuales) y, en cambio, mis chicos salen de la escuela que no hay otros más sucios.

Tal vez tenga razón en que son los más sucios cuando salen, que bien les reñimos la abuela y yo por esa razón, pero entrar, entran tan limpios como los demás.

Como Camino es tan relimpia, el hecho de que sus tres hijos tengan piojos la saca de sus casillas y tiene que culpar a alguien de ello. Además, al igual que al tío Jacobo, le parecemos incompetentes.

Últimamente está molesta conmigo porque un día que pasó a quejarse de que Víctor se había pegado con Felipe, le dije que sería mucho mejor dejar a los niños solucionar solos sus problemas ya que no merecía la pena que nosotras nos disgustáramos, cuando a los cinco minutos ellos iban a estar otra vez tan amigos, y que cuando hubiera un asunto verdaderamente serio, estaría dispuesta a escucharla y a colaborar con ella.

Por lo visto, esto de los piojos le ha parecido no serio, sino grave, y ha venido hecha un basilisco.

Yo no sé por qué tienen que ser precisamente nuestros chicos los pioneros en esto del piojo, pero para dejarla contenta, les he mirado, remirado, escarbado y peinado el pelo en su presencia y no hemos logrado encontrar un solo bicho, lo que todavía la ha molestado más. Como no se siente conforme, ha dicho que va a llamar a Sanidad para que manden a la escuela un experto en examinar las cabezas de los niños.

Por mí, que haga lo que quiera.

De todas formas, si hay epidemia, como dicen, dentro de cuatro días mis hermanos serán unos piojosos como todos los demás.

Pero por si puede servir de algo, ahora mismo voy a acercarme hasta la farmacia para que me aconsejen un producto preventivo.

Los Teobaldos, 11 de enero

Estimado José:

Desde luego, José, cuando alguien se empeña en que leas un libro, estás fresca; hasta que no lo consigue no para.

Me ha resultado violento decirle a Jacobo que todavía no he mirado los suyos, cuando me ha encontrado leyendo otro de Ephraim Kishon que me gusta mucho.

Creo que me encuentra decepcionante y muy superficial.

Así que más que nada para tenerle contento, he subido a mi habitación dispuesta a pasar la tarde del domingo leyendo uno de los suyos, pero al abrirlo me he quedado de piedra. Después he mirado los otros y continúo sin salir de mi asombro: están en griego.

¿Es posible que me crea capaz de saber griego y además con la fluidez necesaria como para poder leer tres tomos así de gordos?

Además, me pregunto de dónde los ha sacado, porque no creo que se vaya por ahí de vacaciones con toda su biblioteca. Este hombre es un verdadero enigma.

Cuando se lo he contado a mi abuela, me ha dicho que Jacobo ha sido así toda la vida. Cada día le tiene más manía, y eso que no se dio cuenta de cómo la miró el día de Año Nuevo, cuando preguntó si Nestorio era un ministro socialista. Menos mal que se marcha pronto.

Los Teobaldos, 12 de enero

Estimado José:

No sé por qué pero últimamente te veo en todas partes. Reconozco que ahora trabajo mucho y me siento un poco débil, pero no me parece motivo suficiente como para sufrir estas alucinaciones.

Hace unos días creí verte salir de la droguería y poco después me pareció verte entrar en la escuela con unos niños, cual si fueras un respetable padre de familia. Es terrible, pero hubiera jurado que eras tú mismo.

Es algo tan extraño, que no sé qué pensar.

Mis hermanos están en cuarentena. Curiosa cuarentena. Mi vecina consiguió que viniera una enfermera a pasar revisión a los chicos y estoy aturdida, confusa, casi un poco avergonzada. Mis hermanos han sido los únicos chicos a quienes se ha encontrado libres de pediculosis, que es como se llama técnicamente a los piojos, por lo que se ha decidido que sean ellos quienes no vayan al colegio hasta dentro de una semana, con el fin de que no se contagien.

¡Y yo que había ido a la escuela con tanto miedo! Cuando lo he contado en casa de los Beltrán, el padre ha dicho que a éstos no los aguantan ni los piojos, y la madre y Guillén creo que todavía se están riendo.

Efectivamente, la epidemia nada tiene que ver con la higiene, porque mis hermanos, si bien no son los más sucios de la escuela, tampoco son los más limpios.

Se trata simplemente de una curiosa casualidad.

Pero yo, ¿qué quieres que te diga? con tanto hablar de lo mismo, siento que me pican hasta las plantas de los pies.

P.D. Nuestro catedrático de griego, don Jacobo Martínez de Solís, tiene sus puntos flacos.

Él, tan fino, tan educado, que jamás pierde el control de sus actos, ha dicho un taco.

Ha venido a despedirse y, tras lamentarse de que la abuela no estuviera en casa, se ha puesto a pasear por el cuarto de estar y me ha dicho lo gratos que le han resultado estos días en Los Teobaldos. Cuando comenzaba a hablar de su deseo de volver pronto, han entrado los hermanos Muro. Víctor, quiero decir.

Decididamente, no aguanta a los niños, porque hay que ver la cara que ha puesto. Por lo visto, él no se ha enterado de lo de la pediculosis y le ha parecido mal que no estuvieran en el colegio. Y es que, la verdad, con este original "apartheid", los piojosos parecen mis hermanos.

De todas maneras, no debe de ser tan mal hombre, porque le ha dado cien pesetas para que se compre caramelos.

La voz ha debido de correr de inmediato, porque al momento ha entrado David, quien rápidamente ha buscado los zapatos, se los ha puesto y ha corrido a la tienda de chucherías con sus veinte duros bien apretados en el interior de la mano.

Y empezaba a pasear nuevamente, cuando Andrés y Joaquincho han asomado por la puerta, mirándole muy fijamente.

Como ya no tenía monedas de cien, no le ha quedado más remedio que darles una de quinientas pesetas, lo que me ha parecido una exageración.

Pero mis hermanos son estupendos. ¿Cómo puede nadie quejarse de ellos? No se han aprovechado de la circunstancia, sino que han regresado a casa al momento con sus caramelos y trescientas pesetas, que le han devuelto honradamente.

Te aseguro que me he sentido orgullosa de ellos, cuando los he visto sentarse tan formales en el sofá, con sus bolsitas y han fijado en Jacobo sus ojos agradecidos.

Por eso no puedo comprender que ni siquiera les sonriera y que se fuera sin decirles ni una palabra.

El taco lo ha dicho en la misma puerta, cuando creía que yo no lo oía, y no te lo repito porque me parece muy poco femenino, en toda la expresión de la palabra.

—¡...con los críos!

Verdaderamente, tenía razón Fernanda. Ni comprende ni aguanta a los niños.

¡Ponerse así por cuatrocientas miserables pesetas!

Los Teobaldos, 20 de enero

Estimado José:

Mis amigas se han enamorado. Emili me ha escrito una carta de cuatro folios, en la que nombra diecisiete veces a Pedro. Pedro la ha acompañado a la Residencia. Pedro y ella han tomado café. Pedro y ella han dado un repaso al Derecho Romano. Con Pedro ha visitado dos exposiciones y asistido a un concierto. Con Pedro el Código Civil ha resultado mucho mejor... En una palabra: con Pedro es feliz.

Pirula regresó al pueblo a los ocho días de irse. No se sentía muy bien al final de vacaciones, aunque yo achacaba su decaimiento al mal ambiente familiar, porque Carlos, su túnica y su capazo cayeron en su casa como una bomba, y aunque sus padres no se opongan abiertamente a que salga con él, no lo trataron como a los demás amigos. Nunca lo invitaron cuando esperaban a otras amistades. Creo que se sentían avergonzados de él.

Por si fuera poco. Carlos se hizo famoso en el pueblo, tanto por su excentricidad como por su simpatía.

Yo misma le tomé cariño.

Imagínate que se hospedaba en la misma casa que el repartidor de periódicos, y como un día el hombre, que tiene más de sesenta años, tuvo un violento ataque de apendicitis y lo tuvieron que operar urgentemente, a Carlos se le ocurrió sustituirle en lo del reparto de periódicos para que no perdiese su empleo, así que el día seis de enero cogió la bici del repartidor y el cesto con la prensa, y se puso manos a la obra.

Después nos dijo que era la primera vez que montaba uno de esos trastos, pero que confiaba en que no fuera difícil.

Lo visitamos Pirula y yo por la tarde en el hospital y ocupaba la cama vecina a la del auténtico repartidor, porque Carlos, la bici y la prensa habían ido a parar al río.

Mi amiga estaba encantada, orgullosa de él, pero su madre, aunque fue a visitarle y le llevó un libro y una botella de vino, sólo respiró cuando Carlos dejó el pueblo, camino de su comuna.

Yo creía que todo el mal de Pirula era esto, pero me equivoqué. Se fue a la universidad y a los pocos días estaba de regreso, con un informe para el médico del pueblo del médico que la había examinado en Madrid, y aquí la tenemos, haciendo reposo, con una pleuresía que la tiene muy desanimada. Lo único que le ilusiona es que yo la visite, porque conmigo puede hablar de Carlos.

A veces, las envidio, José. Envidio tanto la felicidad de Emili como la tristeza de Pirula.

Es porque yo me he propuesto no enamorarme jamás, más bien diría que me lo he prohibido.

¿Cómo podría explicar a nadie toda la mentira de mi vida, y quién confiaría en una mujer como yo?

Soy feliz, José. Soy feliz en esta casa, con esta familia. Si hubiera podido elegir, habría elegido a una abuela como la mía y unos hermanos como los que ahora tengo, pero cada día, cuando me despierto, siento un peso en el corazón que se va haciendo mayor a medida que pasa el tiempo, y sé que llegará un día en que no podré soportarlo.

Si hubiera alguien a mi lado a quien poder confiarme... Si tú estuvieras, José...

Los Teobaldos, 22 de febrero

Estimado José:

Guillén me está matando.

Tú sabes que siempre te he hablado de él como de un buen amigo y te aseguro que lo es, pero me gustaría, y en esto no hay la menor sombra de coquetería ni deseo de agradar, que a veces se diera cuenta de que soy mujer.

Hoy, que es domingo, ha entrado en casa para decirme indignado que no consiente que me pase la tarde del domingo leyendo o planchando las camisas que se tienen que poner el lunes mis hermanos. No tomar el aire es insano.

La abuela le ha dado la razón y entre los dos me han convencido para que fuera a dar un paseo con él.

Creo que debería haber sospechado algo, cuando Guillén, mirando mis discretos mocasines negros, me ha preguntado si no tengo botas, pero yo soy así, pura ignorancia.

Hemos subido tres montes, cruzado un arroyo por encima de unas piedras que temblaban cada vez que las pisaba y caminado no sé cuántos kilómetros.

—¡Pero Guillén! ¿Pretendes que yo baje por ahí? —le decía incrédula, mirando aterrada lo que a mí me parecía el precipicio más profundo que había visto en mi vida.

—¡No seas miedica, mujer! ¿Es que no vas a poder hacer lo mismo que yo?

Y bajaba firme y seguro, asentando los pies en cualquier saliente, como si fuera un juego de niños, diciéndome que no tenía el menor peligro, ya que si me caía lo haría sobre él, y su propio cuerpo me detendría.

A nuestro regreso al pueblo, me ha dicho que no me preocupara por mi mal aspecto. Él me encontraba maravillosa llena de barro, arañazos y doblado el espinazo, ya que lo que no podía soportar era a las señoritas de tacones, que lo único que saben hacer es ir a ligar a las cafeterías.

Creo que pretende convertirme en una saludable mujer de sanos colores y con una espalda de metro de anchura.

Pero el comienzo no ha sido muy esperanzador.

Tengo agujetas por todo el cuerpo y los pies están llenos de ampollas.

Estoy hecha un asco.

Los Teobaldos, 2 de marzo

Estimado José:

No sé cómo empezar esta carta. ¡Las anteriores me resultaban tan fáciles! ¡Me sentía tan a gusto después de contarte las cosas de cada día! Pero lo ocurrido hoy ha sido tan inesperado y mi reacción tan cobarde… ¿Por qué tenía que mentirte a ti también, José?

Te he hablado muchas veces de Camino, una vecina de nuestra misma plaza, que tiene tres niños de la edad de los nuestros, y que no sé por qué razón son unos chiquillos perfectos, ya que de cualquier cosa que hacen o les ocurre, tiene que culpar a mis hermanos.

Yo reconozco que Víctor es un diablo. Nunca lo he negado, pero no peor que los otros niños, y sobre todo, siempre he creído más oportuno no intervenir en sus peleas, que jamás han dejado de ser lo que son: cosas de niños.

Mi vecina no es de la misma opinión. Creo que es una madre excesivamente protectora, aunque no voy a meterme en sus métodos educativos, ya que es libre de hacer lo que quiera.

Lo único que deseo es que nos deje en paz, más que nada, porque la abuela, que últimamente no es la misma, se disgusta ahora muchísimo cada vez que Camino viene con una queja, hasta el punto de que un día le dije que sólo la atendería cuando se tratara de un asunto verdaderamente serio, tal vez porque estaba convencida de que nunca iba a ocurrir.

Sin embargo, ayer, a mi regreso de la fábrica, la encontré en la puerta de casa. Estaba furiosa. Tan furiosa que por primera vez me asusté. Dijo que Víctor había manipulado las notas de Alfredo, y que si ése no era motivo para quejarse, que venga Dios y lo vea.

No conseguí enterarme de en qué consistía la manipulación, a pesar de que se lo pregunté muchas veces.

Lo único que hacia era gritar y gritar. Y gritaba tanto, que comenzó a formarse un corro de gente a nuestro alrededor, llenándome de vergüenza, pero logré entender que iría a hablar con el director del colegio en persona, ya que hay cosas en la vida que no se pueden consentir.

Presentaría además una queja contra la maestra, que tenía una marcada preferencia por Víctor, debido a que su padre trabaja en nuestra fábrica, cosa de la que yo no tenía ni idea.

Si mi hermano hubiera estado en casa, habría podido enterarme de lo ocurrido con las notas de Alfredo, pero Guillén se lo había llevado a ver la Vuelta Ciclista y no lo traería hasta el día siguiente. Me prometió dejarlo a su hora en la puerta del colegio.

Me sentía tan preocupada, que yo también he ido al colegio para hablar con el director. El portero me ha dicho que podía pasar al despacho, y he dado dos golpes en la puerta antes de entrar.

Yo había visto al director sólo un par de veces. Siempre me he entrevistado con las maestras, pero mi idea era la de que se trataba de un señor mayor, muy serio, así que me dirigí a él en plan humilde, deseando más bien disculparme por la falta de mi hermano, de presentar excusas, que de quejarme de la vecina.

Y con esta disposición de ánimo abrí la puerta y entré.

Y tú estabas allí, José.

Y te miré convencida de que como ya me había imaginado otras veces, tu cara se desvanecería, y en su lugar aparecería la del señor Calonge… ¿Por qué no recordé que ya se había jubilado? ¿Por qué pensé que nada de aquello era real, si te presentabas ante mí tan real y tangible como lo habías estado en Salamanca?

No has cambiado en absoluto, estás igual, he podido darme cuenta al tender tu mano hacia mí, señalándome el sillón al otro lado de tu mesa.

—Buenos días… Y me ha sorprendido que mi voz no temblara como temblaba yo.

¿Por qué? ¿Por qué no me he precipitado hacia ti como era mi deseo? ¿Por qué he fingido no conocerte?

Creo que tenía miedo.

Mi voz te ha hecho levantar bruscamente la cabeza, y también me has mirado en silencio, como si creyeras conocerme a pesar de mi nuevo peinado y las gafas grandes y redondas, que son casi un disfraz.

—Soy la hermana de Víctor Zudaire —he dicho.

Y a la vez he mirado el reloj de la pared que tras de ti hacia tic tac. Y me he sorprendido de que no hubiera avanzado ni siquiera un minuto desde que llevábamos una hora mirándonos en silencio.

Si alguna duda me hubiera quedado sobre tu identidad, se habría desvanecido cuando me has sonreído y tu barbilla ha vuelto a mostrar aquel hoyito que descubrí la última vez que nos vimos, y con el que te confieso que he soñado muchas veces.

Y a pesar de tu sonrisa, te he hablado de usted... perdóname, José...

—Supongo que la señorita Mercedes le habrá anunciado mi visita, ¿verdad?

—Sí, pero estoy sorprendido. Yo esperaba ver aquí a la abuela de Víctor.

—Mercedes y yo hemos hablado por teléfono y tal vez me ha confundido con ella. En fin, el caso es que me siento muy preocupada por mi hermano. Parece que ha cometido una falta grave.

—¿Grave? ¿Es que un chico de su edad puede hacer algo grave?

—Así me lo parece a mí también, pero, ¡recibo tantas quejas de él! Y ayer vino a verme la madre de un compañero y dijo que Víctor ha manipulado las notas de su hijo. Estoy disgustada, porque aunque el cariño me hace verlo un niño como todos los demás, tal vez sea tan rebelde como dice mi vecina.

No sé si lo habrás notado, pero yo estaba muy nerviosa, y mi nerviosismo se ha mostrado en una excesiva locuacidad, ya que no era mi deseo proceder así, pero lo cierto es que a los cinco minutos me he sentido avergonzada, al darme cuenta de que yo hablaba sin parar, con una vivacidad que no es habitual en mí, mientras tú te dedicas a escuchar. Creo que incluso a veces te has reído abiertamente.

—Y es que, comprenda usted, esta señora me llama casi a diario para recordarme mis responsabilidades y la edad que tengo, y me aterra cuando alguno de mis hermanos pasa a su casa a jugar, porque al otro día me llama para leerme la lista de los destrozos. En el último cumpleaños que celebraron, se empeñó en que Víctor le había roto varios platos, la cortina del pasillo, unos cuantos frascos y botellas de la despensa, un sombrero, el farol de la entrada y la jaula del canario, y yo, la verdad, no comprendo cómo mi hermano pudo desarrollar tanta actividad si sólo estuvo allí media hora... Pero incluso insinuó al final de nuestra conversación que las escalerillas de la piscina municipal se mueven desde el día que mis hermanos se bañaron en ella. Mi abuela dice que tendremos que prohibir a nuestros chicos que jueguen con los vecinos, pero, ¿cómo vamos a prohibir a Víctor que vaya con Alfredo, si es su mejor amigo?

¡Se llevarían de maravilla si los mayores los dejáramos en paz y no nos ocupáramos tanto de ellos! Sin ir más lejos, el domingo pasaron la tarde en casa varios amigos de mis hermanos y también se rompieron algunas cosas, en lo que supongo que todos participaron por igual. Por otra parte, desaparecieron de la despensa cuatro tabletas de chocolate, medio tarro de mermelada, dos rodajas de merluza a la romana, un limón, una bolsa de ciruelas pasas y una fuente de croquetas de gallinas que teníamos preparadas para la cena, a falta de freír. ¿Debería yo culpar únicamente a Felipe y Alfredo, sólo porque al día siguiente tuvieran una horrible indigestión? Porque eran ocho niños que pasaron la tarde en casa...

El buen sentido ha hecho acto de presencia en mi mente en este preciso momento, porque de pronto he sentido una vergüenza que me ha hecho enmudecer, a la vez que pensaba en que tenía que decir algo más, cualquier cosa, no sé por qué.

—Bueno..., perdone que le haya molestado con estas tonterías que nada tienen que ver con la escuela... ¿Qué ha hecho mi hermano con las notas de su compañero, y qué podemos hacer mi abuela y yo para enderezarlo?

—Víctor no necesita ser enderezado. Le aseguro que su hermano no es ningún problema.

—¿Entonces?

—¡Pero si es una tontería! —has exclamado riendo, llenándome de alegría—. Como usted diría, no ha pasado de ser cosa de niños y no merece más atención que el tirón de orejas que ya le ha dado la profesora. Si no fuera porque la madre del otro niño ha venido a hablar conmigo, yo ni me hubiera enterado.

—Por favor, ¿puede decirme de qué se trata?

—Naturalmente. Aquí está.

Y has puesto ante mí el boletín de calificaciones de Alfredo. En sus PA y NM no se veía la menor señal de haberse rascado o corregido, pero más abajo, en la casilla destinada a las observaciones del tutor, se veía la atroz caligrafía de Víctor, que decía:

"Pégele" mucho

Yo también me hubiera reído, como sé que lo hacías tú, aunque por lo bajo en ese momento, José, pero la tranquilidad de saber que Víctor no es ningún problema no puede sustituir el abatimiento que siento al saberte tan cerca y tan lejos de mí...

¿Eras tú realmente el que yo he llegado a ver por el pueblo creyéndolo imaginación mía? Seguramente, porque hace ya unos meses que estás aquí, aunque yo no lo supiera.

Y cuando lo he sabido, he fingido no conocerte.

Tengo miedo de que sepas la verdad, y no me creo digna de tu amistad.

Si yo pudiera aclarar las cosas con mi abuela…

Pero no puedo, me quiere tanto, que el saber la verdad sería su muerte.

A la alegría interna que siento por haberte vuelto a ver, por saberte cerca de mí, se une la tristeza de haberte perdido de nuevo, porque te he perdido. Lo he sentido cuando has estrechado mi mano al despedirme en el colegio.

El mundo es muy grande. Tan grande que parece imposible que dos personas que se han separado en una lejana ciudad, sin posibilidad de volver a ponerse en contacto, se encuentren de pronto en un pueblo de cinco mil habitantes, del que seguramente ninguno de los dos teníamos noticias de su existencia.

Y, sin embargo, ha ocurrido, y yo, lejos de alegrarme, estoy llorando, José.

Ésta es la última carta que te escribo. ¡Me ha costado tanto terminarla! Pero creo que ya no tiene sentido seguir haciéndolo, puesto que soy María. María, la hermana mayor de cuatro alumnos del colegio que tú diriges. Nos hablamos de usted, ¿recuerdas? Y es que hasta hoy nunca nos habíamos visto, no nos conocíamos.

¡Qué difícil es vivir!

Sin embargo, pienso que he hecho mal. Que debería haber confiado en ti y contártelo todo. Pero ya no puedo volverme atrás… ¿Por qué lo habré hecho?

José

Los Teobaldos, 2 de mayo

Querido José:

Hace mucho que no te escribía porque no me sentía capaz de hacerlo. Durante estos meses, he procurado evitarte, incluso olvidarte, pero no lo he conseguido.

Aunque tú no lo sepas, te he visto muchas veces. Sé dónde vives y con quién tratas. Suelo mirarte escondida tras los visillos de mi ventana cuando los domingos vas a comprar periódicos a la plaza, y disminuyo la velocidad del coche cuando paso frente a la escuela, de camino o regreso del trabajo, con la esperanza de verte a través de los cristales, sentado a la mesa de tu despacho.

Ayer, cuando conducía casi en punto muerto, con la mirada fija en tu ventana, apareciste. Y no estabas como yo esperaba en el despacho, sino a mi lado, junto a la portezuela del coche.

—¿Te importaría acercarme al pueblo?

Te abrí la puerta y te sentaste a mi lado, diciendo a los niños que gesticulaban en el patio que siguieran jugando.

—Tenemos entrenamiento de minibasket, pero si no voy ahora mismo al pueblo cerrarán la oficina de correos y tengo que hacer un paquete.

Me conmovió el ver que no has cambiado. Sigues siendo el polifacético de siempre, José; ahora también entrenas al equipo de baloncesto de la escuela, pero no te dije nada. Las manos asidas al volante, la vista fija en la carretera...

—¿Qué tal Víctor?

—Bien... Sin problemas.

Y volvió a hacerse el silencio, que rompiste tú al poco rato.

—No estaré molestando, ¿verdad?

Parecías sinceramente sorprendido por el silencio de una persona que hacía tan poco tiempo te pareció tan abierta y parlanchina.

Te miré. Y mis ojos tropezaron con los tuyos, tan francos, tan bonitos... Tú no lo sabes, José, pero tienes los ojos bonitos.

—¿Molestarme?

—No sé... ¿Ibas al pueblo? Me cuesta hablarte de usted... ¡Eres tan joven!

—Si lo prefiere... Sí, claro que voy al pueblo y estoy encantada de ir contigo.

—¡Uf! Me preocupaba verte tan callada...

—Estaba pensando en el balance, que no me cuadra. Trabajo en la fábrica de mi abuela, ¿sabes?

—Tenía idea.

Me pregunté por qué tenías ideas, si yo no te lo había dicho hasta ese momento, pero ya habíamos llegado a correos y tú me dabas las gracias al salir del coche.

—¿Soy indiscreto si pregunto dónde te escondes? —dijiste—. No te veo nunca.

—Salgo poco. Cuatro niños en una casa atan mucho. Además, ya sabes que mis hermanos no son precisamente unos angelitos.

Y como si quisiera darme la razón, apareció Joaquincho. Salía del estanco a toda la velocidad que le permitían las piernas, y tras cruzar la calle se escondió detrás de un coche, como si se sintiera ya fuera de algún peligro, pero sin dejar de mirar hacia el estanco.

—¿Qué habrá hecho?

—¿Por qué piensas que ha hecho algo?

—Lo conozco. Es un diablo.

Eso mismo tuvo que pensar después el cabo de la guardia civil que, saliendo del estanco, se encaminaba paso a paso hacia el cuartel.

—Debería avisarle... —dije.

—¿Para qué? Ya se dará cuenta cuando llegue, total, está a dos pasos.

—¿Y si lo toma a mal y se enfada?

—¿Con quién, si no lo ha visto?

Tal vez tenías razón, José, pero yo hubiera preferido decírselo. No me sentía tranquila viendo que un par de metros delante de nosotros, el tricornio del cabo ostentaba una pegatina, desde la que Mafalda nos miraba con una sonrisa de oreja a oreja.

A mí me daba miedo hasta levantar la cabeza, pero a ti te había dado por reír, me contagiaste tu alegría, y al despedirnos me di cuenta de que hacía mucho tiempo que no me sentía tan contenta como en ese momento y de que tú no habías recogido el paquete de correos.

Yo me pregunto, José, ¿es malo que acepte tu amistad?, ¿que charle de vez en cuando contigo?, ¿que me sienta joven a tu lado?

Creo que no.

Los Teobaldos, 3 de mayo

Querido José:

Creo que ayer estaba equivocada. Tu presencia me dio un optimismo que ya no siento hoy. Creo que ayer experimentaba los mismos sentimientos que en el hospital cuando vi a la abuela y me aferré a ella, que representaba en aquel momento la seguridad, queriendo convencerme a mí misma de que, puesto que aquella mujer no había visto nunca a su nieta, una chica u otra le daría igual, y yo me comprometí a quererla como la hubiera querido la otra.

Pero yo tenía entonces el atenuante de mi debilidad. La soledad, la ausencia de cariño me impulsaron a ello, y ahora soy plenamente consciente y creo que no tengo derecho a esperar nada de ti. Considero la amistad demasiado sagrada para seguir adelante.

Y no sabes cuánto me duele alejarme de ti.

Los Teobaldos, 18 de mayo

Querido José:

Hace días que no te veía. Incluso encontré el modo de no pasar junto a la escuela al ir o volver de la fábrica. Creía que así es como debía obrar.

Pero has sido tú quien ha venido a mí, y el motivo, David, a quien has acompañado a casa.

—No te preocupes —me has dicho—. Es varicela. Mira, ahí me quedan unos cuantos ejemplares más.

Y me has señalado el coche, donde en principio me ha parecido que había toda una legión de niños de lunares rojos, felices de dejar el colegio. Al fin, ha resultado que sólo eran siete, sentados unos sobre los otros, rascándose los granitos y empujándose mutuamente.

Me ha alegrado tanto verte, aunque fuera por escasos minutos, que me siento otra.

Los Teobaldos, 27 de mayo

Querido José:

Estoy muy preocupada. Acabo de enterarme de que Jacobo, el tío de los niños, no me vigilaba como yo creía. ¿Recuerdas que le tenía miedo? Estaba convencida de que no confiaba en mis dotes educativas, y que lo que quería era descubrir algo en mí que le diera pie para reclamar a sus sobrinos. Esta idea me tuvo inquieta todo el tiempo que Jacobo pasó en Los Teobaldos.

Ayer me escribió y su carta me ha dejado tan inquieta como su presencia. Dice que me quiere, que seguramente ya me habré dado cuenta de su admiración, que le parezco inteligente, guapa, dulce, responsable y de gran personalidad. Que quiso decírmelo antes de irse, pero que nunca tuvo oportunidad de hablar conmigo a solas.

Piensa volver este verano, pero quiere que conozca sus sentimientos hacia mí, y su pretensión de pedirme que me case con él antes de que volvamos a vernos, y el tono de su carta me hace pensar que está seguro de que yo también le quiero, porque habla de mis múltiples atenciones hacia él y de la siempre cálida acogida que encuentra en mi casa.

Estoy asustada. Jamás he pensado en él sino como en una persona bastante molesta y, si he sido amable, me ha impulsado el deseo de tenerle contento y de que no volviera a hablar de llevarse a los chicos. Nunca he visto en él a un hombre que pudiera interesarse por mí, sino a un señor. No sé si me explico bien.

Así que estoy negra, nerviosa y aterrada ante la perspectiva de que nos podamos encontrar cara a cara.

Sé que no me atreveré ni a mirarle. Además, ¿por qué parece tan seguro de que a mí también me gusta? ¿Qué he hecho para darle esperanzas?

Por otra parte, y aunque él no lo sepa, tampoco está enamorado de mí. Me ha visto adornada de unas prendas que no tengo.

Ante él me he mostrado como una mujer diferente a la que en realidad soy. He fingido ser seria, responsable, inteligente, de gran carácter, porque creía que ésas eran las cualidades que él exigiría a la persona entregada a la custodia de sus sobrinos.

Estoy triste, no sé qué hacer.

Yo no quiero que venga, José.

Los Teobaldos, 30 de mayo

Querido José:

Ayer me hiciste feliz. Creo que hacía mucho tiempo que no lo pasaba tan bien, y eso que hacía varios días andaba cabizbaja con todo el asunto de Jacobo.

Se lo conté a la abuela y me dijo que no le sorprendía nada. Que ya había notado que Jacobo me miraba con ojos de carnero degollado. Lo dijo con esas mismas palabras. Pero el hecho de que se haya atrevido a esperar que me case con él, la indignó. Pienso ahora que la manía que le tiene se debe más al hecho de que haya osado enamorarse de mí, que a todo lo demás.

Me dijo que le escribiera inmediatamente quitándole toda esperanza, pero yo lo dejé pasar porque me daba horror hacerlo. No sabía ni cómo empezar. Y la abuela que no callaba, que incluso quería dictarme la carta, porque le han entrado unas prisas terribles porque lo haga. Su único deseo ahora es mantenerme soltera, y cuando le dije que le escribiría pero que tenía que pensar el modo de hacerlo sin herirle, me contestó que malo, malo, que podría hablarme de muchas que se han visto casadas con hombres a los que no querían por exceso de buen corazón y por lástima, y que cuanto más tarde en darle la respuesta, más difícil me va a ser cortar, que cualquier día se nos presenta en casa con un ramo de flores y que a ver entonces qué hago.

Por primera vez la veía enfadada conmigo, porque se fue a casa de su amiga Juanita sin preguntarme siquiera si los niños se quedaban conmigo, como suele hacer otras veces.

Así que fui a buscarlos a la salida del cine. Habían ido a ver una película en la que sólo salen hombres dando puñetazos.

Me encontré contigo cerca del cine y te quedaste conmigo mientras esperaba a mis hermanos. Y después, cuando salieron y se quedaron mirándonos un poco hoscos, porque al fin y al cabo tú perteneces a la "odiada" casta de los profesores, nos sorprendiste a todos invitándonos a merendar en una cafetería que tiene unos churros deliciosos.

Estoy segura de que a mis hermanos no les hizo ninguna gracia porque eso de que cualquier chico de la escuela le pueda ver a uno merendando con el "dire" no es nada bueno.

Pero las delicias que allí dentro se exponían resultaron motivo suficiente como para pasar por alto ciertas insignificancias. Además, por aquella calle no era probable que pasara ningún compañero, porque eran todo bares y tiendas de postín, y no había ninguna de chucherías ni de motos.

La cafetería, al estilo de los antiguos casinos de pueblo, las mesitas de mármol y los espejos grandes, borrosos, que hacían la cara ojerosa y larga, tenía un extraordinario encanto. Tal vez fue su aspecto romántico y decadente lo que me hizo sentirme tranquila a tu mando. Porque quiero decirte, José, que nunca me siento tranquila contigo porque, ¿cuánto tiempo puedes tardar en descubrir que yo soy la misma chica que conociste en la biblioteca, un poco torpe en matemáticas, pero con gran deseo de aprender?

El camarero era horrible. Tenía enormes bigotes a lo moscovita y un ojo perdido por las alturas, lo que le daba un aire de los más siniestro, pero el chocolate y los churros no podían tener rival.

—¿Se os ocurre algo más? —preguntaste a los niños.

Tu voz eran tan amable, que a los cuatro se les ocurrió algo.

Andrés quería un bocadillo de mortadela. David mantequilla y mermelada. Víctor agua de regaliz y Joaquincho pan con dulce de membrillo.

Traté de protestar porque me sentía muy avergonzada, pero a ti nunca parece sorprenderte nada. En cierto modo, me recuerdas a mi abuela. Con la mayor seriedad del mundo llamaste al camarero, le hiciste el pedido, y al momento teníamos allí parte de lo solicitado. Incluso dos barritas de regaliz, que tú mismo partiste en trozos y echaste en un vaso de agua. Curiosamente, lo único que no se pudo conseguir fue el dulce de membrillo, que el cliente no tuvo inconveniente en que fuera sustituido por mayonesa.

—¿Todo bien? —preguntaste a tu asombrada concurrencia.

Y los cuatro respondieron que sí, porque jamás se hubieran imaginado que un director de escuela pudiera ser tan de su estilo, y la verdad es que pocos adultos hubieran aceptado que Joaquincho sostuviera en una mano su bocadillo de mayonesa y en la otra un churro goteando chocolate, y que mordiera ambos con absoluta imparcialidad.

—Me recuerdas a alguien —dijiste repentinamente.

Y el churro que me llevaba a la boca se cayó de la mano y resbaló por mi blusa blanca, dejándomela perdida de chocolate.

—A Pinto. ¿A que sí? —dijo David.

—Mira, David, ¡mira David! —gritó Andrés como un loco tirando el vaso de su hermano.

¡Dios mío, qué vergüenza!

En un momento nos habíamos hecho el centro de todas las miradas, pero parecía como si solamente yo me diera cuenta del mantel mojado de agua de regaliz, del chocolate de mi blusa, del pelo almidonado con mermelada de David, del suelo lleno de cristales y de los pedacitos de churro que Víctor iba amontonando frente a sí, mientras retransmitía una carrera ciclista, en la que Castelar, Indurain y Laguía se revelaban como los héroes de la montaña.

Para mí, aquella merienda estaba resultando un fracaso, y me parece que el horripilante camarero era de la misma opinión, pero a mis hermanos se les veía en la gloria y a ti todo te hacía gracia. Lo mismo que al señor de la otra mesa, que creo que se hubiera pasado a la nuestra de buena gana.

—Pero, ¿se parece o no se parece a Pinto? —preguntó David de nuevo.

—¡Últimos segundos de la gran jornada! ¡Laguía, Laguía! ¡Es Laguía quien ahora encabeza el trío de los colosos y parece que va a llegar el primero a la línea de meta! ¡No, señores, no! ¡Indurain, con un supremo esfuerzo, rebasa por milésimas al compañero! ¡Emoción, emoción en estos momentos finales en que codo a codo prosigue la lucha del pedal…!

—…Y entonces, la señorita le dijo al de la fila que no empujara, y yo le dije al otro…

—¿Se puede más Coca–Cola?

—¡Increíble, señores! ¡Absolutamente increíble! ¡Castelar se ha alzado con el triunfo cuando ya nadie lo creía posible! ¡Qué gran carrera, señores! ¡Qué gran…! Vaya, se ha caído otro vaso…

Parecía imposible entenderse entre aquella barahúnda, y sin embargo, tu voz fue la única que oí, cuando, como si siguieras la conversación iniciada hacía rato, dijiste:

—Me recuerdas a una persona a quien quise mucho… Es increíble que te parezcas tanto.

—¿Sí? —fue lo único que fui capaz de decir. Estaba segura de que ibas a descubrirlo todo. Tenía que cambiar de conversación inmediatamente, decir algo interesante, ingenioso, que te hiciera olvidar a aquella otra persona y nuestro sorprendente parecido, pero no se me ocurría nada, porque lo único que podía pensar es en aquel "que quise mucho", que acababas de decir.

—Creo que es la voz, o tal vez la expresión o el modo de mover las manos cuando hablas…

—¡Por favor, no me mires así! ¡Me estás poniendo nerviosa! Se diría que estás analizando la técnica de un cuadro.

Sonreíste confuso. Es la primera vez que te he visto un poco cohibido, y ya no te volviste a referir a aquella otra persona a quien yo te recordaba, pero yo no dejé de pensar en ella; y de recordar tu voz cuando dijiste "a quien quise mucho", con una secreta complacencia, con una sonrisa interior, si no te parece cursi que lo diga así, pero es que no se me ocurre otra palabra para definir mi estado de ánimo.

Animado se debió de quedar el camarero cuando al fin nos levantamos, llevándonos las huellas de la merienda en toda nuestra ropa. Tú, que durante mucho rato fuiste el único presentable del grupo, revelaste al ponerte en pie manchas de chocolate en los pantalones.

Pero todo aquello no me importaba nada. ¡Estaba tan contenta! Me alegraba tanto pensar que tú me habías querido…

Y, además, lo había pasado bien. Ya sé que los chicos podían haberse portado mejor para que no llamáramos la atención, que con un poco de orden hubiéramos podido hablar más a gusto, pero, ¿recuerdas lo que nos reímos al volver a casa, cantando todos a una "por la carretera, sube ¿quién sube, quién sube? Facundo, con un farol…".

¿Por qué todo me parecía tan estupendo y tan divertido?

Me sentía tan llena de vitalidad, que no me costó escribir a Jacobo. Le agradecí sus sentimientos hacia mí, pero le dije que no podía corresponderle, porque siempre lo había considerado un miembro de nuestra familia, y mis sentimientos hacia él eran puramente fraternales.

A la abuela, que se empeñó en leer la carta, le pareció todo francamente bien, y su humor mejoró considerablemente, aunque opinaba que debiera haberle dicho también que no viniera por Los Teobaldos.

Adiós, José.
Gracias por el cariño que un día me tuviste.

Los Teobaldos, 2 de junio

Querido José:

Pirula se ha marchado de casa. Parece que ha reñido con Carlos o, mejor dicho, Carlos se ha ido sin despedirse.

Ya te dije que es un chico un poco especial. Excelente, sin duda alguna, pero fuera de los moldes que desearían los padres de mi amiga.

No estoy muy segura, pero creo que ayer tuvieron una gran discusión, y el padre de Pirula le dijo que nunca consentiría en que su hija se casara con él.

El caso es que Pirula está aquí con nosotros. Esta tarde la ha pasado llorando y nos ha pedido hospitalidad por una noche, porque está decidida a irse del pueblo mañana mismo.

La abuela y yo hemos tenido una gran discusión, porque, naturalmente, no quería que Pirula se quedara sin saberlo sus padres. No le parecía bien. Al fin, ha consentido cuando yo le he dicho que se trata sólo de ganar tiempo. Si le cerramos la puerta se irá del pueblo hoy mismo. Si la acogemos tiene toda una noche para pensar. Yo todavía espero que ocurra algo, pero estoy muy preocupada. No hace más que llorar, y como todavía está convaleciendo de su pleuresía, tengo miedo de que se ponga enferma.

Tampoco estoy muy tranquila con mi abuela. Quiere mucho a los Beltrán y el saber que está haciendo algo en contra de sus deseos la tiene muy pesarosa. El hecho de que los padres de Pirula se hayan ido a Fuenterrabía y todavía no puedan enterarse de esto no la tranquiliza en absoluto.

Los Teobaldos, 3 de junio

Querido José:

Quiero agradecerte tu interés de ayer para encontrar un médico. Me sentí verdaderamente culpable cuando a Pirula comenzó a subirle tanto la fiebre. Mi abuela quería llamar inmediatamente a sus padres, pero ella decía que no, con los ojos tan tristes...

Por fin, llamé a Guillén. Ni siquiera sabía que su hermana faltara de casa. Había vuelto muy tarde de la fábrica y se había ido directamente a la cama. Atravesó la plaza en bata y pijama. Pirula volvió a llorar cuando le vio, y él, por primera vez, me pareció un poco tonto, porque no dijo una palabra y, después de estar un rato sentado en la cama, dijo que se iba porque tenía algo que hacer. Le puse muy mala cara, porque lo encontré carente de sentimientos.

—Quiera o no quiera, hay que llamar al médico —dijo la abuela. Y, sin pensarlo más, salí corriendo.

Don Bruno no estaba. Le había dado un infarto al sacristán y se había ido con él en la ambulancia al hospital. Estaba en una esquina pensando en volver a casa para coger el coche y salir en busca de otro, cuando apareciste tú.

Te sorprendió verme tan temprano, y cuando te dije lo que ocurría me ofreciste tu ayuda, que acepté inmediatamente.

Y poco más tarde vino el médico a casa. Puso a Pirula una inyección y dijo que él mismo hablaría con don Bruno y que no nos preocupáramos más del asunto, porque no tenía importancia. Era un hombre tan agradable que nos tranquilizó. Por cierto, ¿de qué pueblo era?

A media mañana reapareció Guillén. ¡Pobre amigo mío! ¡Pensar que yo lo había tratado de insensible y tonto! Me sentí avergonzada.

Él continuaba vistiendo su pijama amarillo y la bata de felpa roja. Me costó reconocer a Carlos. Estaba impresionante. Se había cortado el pelo y llevaba zapatos. Corbata no, pero había sustituido su raído pantalón y la túnica de esterilla por un atuendo tan tradicional, que ni la misma abuela pudo ponerle una pega.

Pirula parpadeó al verlo. Antes lo quería, pero me pareció que ahora lo encontraba además extraordinariamente guapo.

—He ido a buscarlo —me dijo Guillén en voz baja—, pero creo que no hacía falta, porque él volvía para aquí. Ha dejado la comuna y dice que el curso que viene se reengancha en la universidad. Hemos venido charlando, y ¿qué quieres que te diga? Una vez que se ha lavado parece un hombre bastante normal. Por cierto, creo que lo mejor será que mi hermana se levante de la cama y pase a casa, así cuando lleguen mis padres esta noche, aquí no ha pasado nada. ¿No te parece?

Estoy muy contenta. Pirula y Carlos merecen ser felices. Por ella ha dejado él un modo de vida que le gustaba pero que los separaba y, por otra parte, ella lo había aceptado tal como era...

Es maravilloso.

Los Teobaldos, 6 de junio

Querido José:

Parece mentira, pero mi abuela, con tener más de setenta años, es mil veces más moderna que Jacobo.

Es increíble. No sé en qué época cree este hombre que está viviendo.

Ahora le ha escrito a mi abuela. Por lo que se ve, está convencido de que toda joven bien nacida dice que no cuando un hombre la pide en matrimonio por primera vez. Por pudor, naturalmente. Debe de ser como cuando nos convocáis a la asamblea del colegio, en primera convocatoria a las siete y en segunda a las ocho, si no se consigue el quórum, y ya todos vamos por sistema a las ocho.

Mi carta, tan diplomática, le encantó, y dice en la suya que lee algo entre líneas que no le hace perder la esperanza. Cuenta los días para volver a verme. Y ahora, ¿qué hago yo?

Los Teobaldos, 7 de junio

Querido José:

Mi abuela me tiene perpleja. No puedo comprender por qué se siente tan enfadada con todo este asunto de Jacobo. Creo que no es natural que ahora se empeñe en que nos vayamos a la playa si viene él, porque nunca ha salido de vacaciones.

A mí me encantaría, porque todavía no he visto el mar, pero me preocupa esta inquietud suya, porque la veo fuera de lugar.

Me gustaría saber si es por Jacobo o por mí. Me pregunto si su reacción sería la misma si se tratara de otro hombre. De Guillén, por ejemplo. ¿Le preocupará el hecho de que pueda casarme?

Si es por cariño o por miedo a perderme, yo sería feliz, porque me sentiría menos culpable.

Los Teobaldos, 16 de junio

Querido José:

Ayer nos vimos en la fiesta de fin de curso. Todo estuvo muy bien, ¿verdad?

Mi abuela, aunque nerviosa al principio, estaba orgullosa de haber sido elegida como representante de los padres para leer la despedida a los alumnos de octavo. Lo hizo muy bien y además añadió algunas cosas de su cosecha. Me sentí muy contenta cuando el cuerpo docente la aplaudió tanto, porque estuvo estupenda.

También estuvo bien que después de la entrega de títulos, cuando comenzó la música, bailaras con ella.

Creo que fue un detalle que a todo el mundo le gustó.

Lo que no sé si estuvo tan bien fue que después lo hicieras conmigo. No sabría decirte por qué, pero tengo el presentimiento de que no deberías haberlo hecho.

Además, con mi abuela bailaste algo moderno, movido, alegre y mi baile fue diferente.

Ya sé que no tienes la culpa de que precisamente cuando me cogiste de la mano comenzara a sonar el vals de la Bella Durmiente, que es lento, romántico y que, además, me gusta mucho... Después me enteré de que el vals era en honor de la profesora de Historia y su marido, que ese día celebraban las bodas de plata.

Yo hubiera querido hablar mientras bailábamos, pero no sabía de qué, y como tú tampoco decías nada...

Además, yo no sabía que tú bailases tan bien.

Los Teobaldos, 17 de junio

Querido José:

Otra vez no me cuadra el balance. Me sobran 675 pesetas. ¿No es ridículo? Julián se ríe de mi perfeccionismo. Dice que me las quede y me compre pipas.

Julián está muy contento porque además de haber tenido un hijo después de tres niñas, nuestra mermelada de albaricoque ha ganado una medalla de oro a la calidad en una feria de Francia, lo que es un magnífico espaldarazo para nuestra Casa. Además, dicen que se presenta este año una cosecha de melocotón fabulosa.

Nuestro melocotón en almíbar es también muy apreciado y queremos exportarlo. Aunque ya es buena, estamos tratando de mejorar la calidad de nuestros productos con vista a la Unión Europea.

Me parece que ya sé por qué me sobran 675 pesetas. Se me ha ocurrido de repente.

Los Teobaldos, 18 de junio

Querido José:

Estoy enamorada de ti y tengo celos de mí misma.

No puedo olvidar que un día dijiste que te recuerdo a otra persona a quien quisiste mucho.

Esas palabras que hace tan poco tiempo me gustaba recordar, que casi casi paladeaba, hacen que ahora me sienta desgraciada. No puedo dormir. Aquel cariño que en otro tiempo me tuviste me entristece. Me entristece porque te quiero, José.

Los Teobaldos, 19 de junio

Querido José:

Ya te dije que no debíamos haber bailado aquel vals, porque yo sabía que te quería, pero fingía no darme cuenta. Me he comportado un poco como los niños, que se tapan la cara con la chaqueta y dicen: "¡No me ves, no me ves!"

¡Te quiero tanto, José!

He tratado de olvidarte, de ilusionarme con el trabajo, con las vacaciones que la abuela sigue empeñada en que tengamos... He querido convencerme a mí misma de que siento por ti una sincera amistad, más o menos igual que por Guillén, que es un chico estupendo y siempre que estoy con él le descubro nuevas cualidades pero, José, no es lo mismo. No es lo mismo.

Quiero y no quiero olvidarte. ¿Entiendes tú esto?

¡Pensar que un día me quisiste!

Los Teobaldos, 21 de junio

Querido José:

Nos vamos a Castro Urdiales. Mi abuela estuvo allí en su primer viaje de boda, y le gustó tanto, que es el lugar que ha elegido para ir de vacaciones. Está tan ilusionada como los niños y ha hecho un gasto terrible en equipo de vacaciones: bañadores, toallas, colchones hinchables. Incluso ha prometido a los chicos que compraremos allí una barca, así que puedes imaginarte cómo están de contentos.

Ha venido Jacobo. Estoy esquivando el encuentro, porque ya ha venido dos veces a casa y la abuela, que está siempre en plan de espía detrás de las cortinas, me ha hecho esconderme en mi habitación, y le ha dicho que no estaba.

A mí todo esto me parece absurdo. Yo ya le dije que no le quería y estar escondiéndome me parece cosa de críos. Incluso un modo de coqueteo. Será la última vez que lo haga. Cuando vuelva le diré que no insista.

La próxima vez hace sólo media hora. Creo que Jacobo ha estado esperando a que mi abuela se fuera al rosario para volver, pero nuevamente mis hermanos le han impedido hablar.

En cuanto ha llegado, Andrés y David se han sentado en el sofá sin quitarle ojo y poniéndole de un humor muy negro. Se le notaba, aunque ha querido disimular diciéndoles que acababa de pasar por la plaza y que estaban montando un tiovivo.

David y Andrés ya lo sabían. Incluso habían pasado un buen rato viendo el montaje, pero era bastante aburrido.

—Lo que debe ser divertido es el guiñol. ¿Habéis visto el guiñol de la plaza del Mercado?

Sí. Mis hermanos ya lo habían visto. Además, dijeron que era el que venía todos los años, y que siempre hacían lo mismo y ya no tenía gracia.

—¿Y el hombre araña? Será fabuloso, ¿no?

Víctor y Joaquincho asomaron sus cabezas por la ventana y, como habían oído las últimas palabras de Jacobo, lo miraron con lástima.

—Pero tío... ¿Lo dices en serio? ¿No creerás de veras que es un hombre araña ése que está allí atado a unas cuerdas que hacen de telaraña? Pero si da una pena que para qué... Dicen que lo encontraron en Nicaragua, pero eso no hay quien se lo trague.

Ninguna de las atracciones instaladas para las fiestas tenía el más mínimo interés, comparada con el placer de sentarse juntitos en el sofá, columpiando los pies y sin quitarnos ojo.

Cada día están más guapos. Te aseguro que no se ven por aquí niños tan lucidos. Creo que Jacobo ha tenido que reconocerlo así, porque, echando la mano al bolsillo, les ha tendido cien pesetas a cada uno, para que se compraran caramelos.

Pero tampoco ha tenido suerte. Han decidido guardar el dinero para mañana. No quieren caramelos sino unas pistolas de agua, y hasta entonces no abren el puesto.

Por hoy nos hemos librado del mal rato, pero mañana tendré que hacerle frente.

Los Teobaldos, 23 de junio

Querido José:

Lo sabía. Estaba segura de que algún día tenía que suceder, pero procuraba no pensar... ¿Es que hago algún mal por querer verle? Ya sé que nada puedo esperar, sólo quiero verle, hablar con él... Me lo decía siempre, como si no supiera que me estaba metiendo en un pozo sin fondo...

Como mañana nos vamos de vacaciones, hoy he traído trabajo a casa para dejar al día algunos asuntos de la fábrica y, aprovechando que los niños habían ido con la abuela a cortarse el pelo, me he sentado bajos los tilos del jardín con un montón de papeles, dispuesta a trabajar.

No sé si te he dicho que estos días estoy cansada.

A medida que pasa el tiempo, me voy metiendo más en el negocio y la cuestión de la exportación me trae de cabeza. Por otro lado, también hemos estado trabajando mucho en casa. El equipaje de los chicos es todo un poema. Quieren llevarse un sinfín de cosas innecesarias, y han sacado de las maletas cosas tan primordiales como los jerséis, los calcetines y los calzoncillos, obligándome a rehacer todas las maletas.

No es extraño que me haya dormido en el jardín, porque creo que tengo sueño atrasado.

Todavía no se había metido el sol cuando me he despertado y no puedo olvidar aquella sensación maravillosa de tu mano en mi frente, retirándome el flequillo.

Me estabas mirando, José, y tus ojos muy cerca de los míos, más que reflejar amor, me han parecido el amor mismo.

—Teresa...

Si todavía seguía soñando, aquel hombre me ha hecho despertar y mirarte asustada. ¡Oh! ¿Por qué de pronto sentí aquella inexplicable sensación de encontrarme vestida únicamente con mi ropa interior? ¡Qué horrible!

Mis gafas olvidadas sobre la mesa han pasado a tus manos. Las gafas, mi último disfraz. Y, después de mirar a través de ellas y luego a mí, sin decir una sola palabra, me he sentido despojada incluso de mi ropa interior.

—No entiendo... No entiendo nada —has dicho.

Yo me he tapado la cara con las manos y cuando he podido hablar me he dado cuenta de que ya no estabas. Te has ido sin hacerme una pregunta, sin escucharme... Te he perdido de nuevo, José, y contigo lo he perdido todo.

La alegría de mi abuela y mis hermanos por el viaje que emprendemos mañana ya no me dice nada. Tengo el convencimiento de que incluso el mundo gira de otra manera. Creo que no hay en el mundo una chica tan desgraciada como yo, y lo terrible es que solamente yo tengo la culpa por no habértelo contado todo cuando nos encontramos en la escuela. ¿Qué piensas ahora de mí?

¿Por qué la muerte elegiría a María y no a mí?

Los Teobaldos, 25 de junio

Querido José:

Supongo que te habrás enterado de lo ocurrido a mi abuela. Ayer, mientras te escribía, tuvo un accidente.

La atropelló la camioneta de los refrescos cuando cruzaba por el paseo. Camino, la vecina de la casa de al lado, vino a avisarme, ya que ella presenció el accidente.

A la abuela la habían llevado al hospital.

Era tan grande mi desconsuelo que no dejé de llorar en todo el camino. ¡Qué pequeño me parece ahora mi problema, José! Y es que en la vida siempre hay algo peor.

Creo que mi abuela se va a morir. Está inconsciente, no me reconoce. ¿Qué será de mí y de mis hermanos?

La noche se me ha hecho eterna, sentada en una butaca de la sala de espera. Tengo mucho miedo. Ya sabes que este hospital es pequeño, más preparado para pequeños accidentes laborales que para cosas graves.

¿No sería mejor trasladarla al comarcal?

Ha venido Fernanda en cuanto la hemos avisado de lo ocurrido y está en casa con los niños. Quiere tanto a la abuela que está muy aplanada.

Los Teobaldos, 26 de junio

Querido José:

Los niños se están portando muy mal. Emili y Pirula tratan de ayudar a Fernanda, pero ellos lo único que quieren es estar en el hospital, y aquí han tenido que despacharlos porque han cambiado el sentido de las flechas en todos los pasillos.

Estoy muy avergonzada.

Los Teobaldos, 30 de junio

Querido José:

Parece que todo lo malo sucede a la vez. Julián ha venido a decirme que nos han anulado todos los pedidos con destino a Francia. Parece que han empezado a darse casos de botulismo y, aunque no se trata de conservas de nuestra fábrica, ni siquiera de nuestro pueblo, se rechazan todas las españolas.

¿Y qué me importa a mí ahora todo eso?

Por si fuera poco, Guillén, deseoso de ayudar, se ha llevado a los niños al monte y los ha perdido. Ha tenido que pedir ayuda a la Guardia Civil, porque se le hacía de noche sin encontrarlos.

Creo que no volverá a hacerse cargo de ellos jamás.

Sé que vienes cada día al hospital y te interesas por el estado de mi abuela. Te lo agradezco muchísimo.

* * *

Acabo de hablar con el médico. Me ha dicho que mañana trasladarán a mi abuela al hospital comarcal.

Ha tratado de darme ánimo, pero después he oído comentar a dos enfermeras que tienen miedo de que se muera en el traslado.

Ahora voy a ir a casa para coger algunas cosas que necesitará, y me aterra faltar de aquí aunque sólo sea media hora.

Estoy tan asustada...

Los Teobaldos, 17 de julio

Querido José:

¿Cómo iba a imaginar yo que aquella noche que se presentaba como la más triste de mi vida sería el inicio de la normalidad?

Y es que me sentía desgraciada, cuando como una loca corría hacia el pueblo bajo una lluvia torrencial, y tú me llamaste, ¿te acuerdas?

—¿Cómo sales con una noche así? ¿Dónde tienes el coche?

—Junto a la bodega de la cooperativa. He pinchado.

—¿Quieres que te cambie la rueda?

—No. Déjalo. Pero si quisieras llevarme a casa...

Asentiste, y creo que también sonreíste, pero no habíamos avanzado cien metros, cuando frenaste, y los dos nos quedamos en silencio. Sólo se oía el repiqueteo de la lluvia chocar contra el techo del automóvil y después resbalar por los cristales velando el exterior.

Me miraste, y yo, avergonzada, fijé obstinadamente la vista en mis manos. Estaba esperando tu reproche, y me preguntaba qué te parecería peor, si el que yo hubiera usurpado el lugar de María o el no haber sido sincera contigo.

Sin embargo, no dijiste nada de eso.

—María... ¿No quieres llorar sobre mi hombro?

Hubiera llorado muy a gusto. ¡Te necesitaba tanto!, pero no contesté.

—Tu abuela, tus hermanos, tu trabajo, tus amigas... ¿Queda algo de ti misma para ti?

Aquellas palabras tuyas deshicieron el nudo de mi garganta. Podías haberte enfadado conmigo por no confiar en ti, por haberte engañado y, sin embargo, lo único que te preocupaba era el que yo no pensara en mí misma.

Te lo conté todo, desde el momento en que subí al tren y conocí a María, la carta nunca contestada a la señorita Adriana, el momento en que al fin decidí quedarme para que Jacobo no separara a los niños, en la convicción de que eran ellos quienes me necesitaban.

—Les quiero mucho —te dije—, pero todavía no sé qué hacer... Mi abuela se va a morir y a mí me quedará siempre el remordimiento de haberle mentido. En ningún momento ha dudado de mí, me ha querido como a su auténtica nieta, y el tiempo que he pasado a su lado ha sido lo mejor que la vida me ha dado, pero, sin embargo, no soy feliz. Y te aseguro que no es el miedo a ser descubierta, no he tenido problemas ni con la documentación, y eso es algo que ni yo misma puedo creer, pero ha sido así. Tú mismo, la única persona que pudo descubrirme, no me conociste. ¿Nunca pensaste que podía ser Teresa?

—¿Cómo iba a pensarlo si estuve en tu funeral? Tu nombre estaba en la lista de las víctimas... ¡Fue terrible! Después, al encontrarnos aquí, me quedé sorprendido. Me la recordabas tanto... Tus ojos eran sus ojos y tus manos sus manos. Sin embargo, había cambiado.

No. No podía identificarte con Teresa.

Tus palabras fueron como una bofetada. Porque yo tenía celos. Unos terribles celos de la chica que fui, y no sabía si las lágrimas que resbalaban por mis mejillas eran a causa de mi abuela que se moría, o si lloraba por no poder ser de nuevo aquella Teresa a la que tú quisiste tanto.

El clic, cloc de la lluvia sobre el techo metálico me hizo recordar el goteo del grifo que me impedía dormir el día de mi llegada a Los Teobaldos, y revivía de nuevo mi desamparo de aquella noche.

—Ayúdame —dije al fin.

—Creo que cuando tu abuela se cure deberías hablar con ella.

"Cuando tu abuela se cure".

Lo dijiste así mismo, con naturalidad. Y yo sentí que recuperaba la esperanza.

—No puedo. Cree que soy su nieta. Se morirá de pena.

—No se morirá. Nadie se muere de pena y creo que tú no tendrás paz mientras ella ignore la verdad.

—No puedo elegir entre la felicidad de mi abuela y mi propia paz.

—Puedes y debes hacerlo.

Y me diste mil razones. Me dijiste cosas en las que yo nunca había pensado, como eso de que soy coheredera con los chicos y que si ella llegara a morir heredaría un quinto de sus bienes, y ese quinto, que no podría rechazar sin una razón convincente, amargaría toda mi vida.

—Es que yo la quiero... Si me rechaza, jamás seré feliz.

—Tampoco lo eres ahora. Por otra parte, tienes que pensar en todo este tiempo que habéis pasado juntas. ¿No piensas en que también ella te quiere? ¿Y si lo comprende? Cuando hay amor, siempre se es más feliz frente a la verdad. Piénsalo, María.

Fue entonces cuando me dijiste que nunca habías dejado de rezar por mí. Y me sorprendió porque yo creía que los hombres no rezan. Yo identificaba la oración con las manos añosas y el rosario de azabaches de mi abuela, con el librito negro de Fernanda... Me costaba imaginarte de rodillas.

Y aquella noche yo también recé. Lo hice de regreso, en el hospital, pero incluso esto tuve que hacerlo mal, porque me encaré con Dios llenándole de reproches. Mi abuela siempre confió en Él, y era cruel que se la llevara cuando era tan necesaria. Comprendía que no me escucharía a mí, que nunca había sido piadosa, pero consideraba que ella tenía algunos derechos, puesto que se había pasado la vida rezando rosarios y recitando salmos.

He dicho que yo también recé, pero no. Esto no es rezar. Quizá fue mejor plegaria la caricia que hice a su rosario tan brillante y pulido por el uso. Lo tenía apretado en mi mano cuando sacaron la camilla de mi abuela.

La ambulancia estaba ya en la puerta y el corazón se me encogió recordando el temor de las enfermeras a que muriese en el camino.

Sin embargo, no murió. Fue algo maravilloso que me hizo recordar el cuento de Blancanieves, porque justo en el momento de entrar la camilla en la ambulancia, abrió los ojos y me miró.

—Pero, oye, ¿te has dado cuenta del encontronazo que me ha dado? —y su voz era tan normal que me hizo dar un respingo.

Te diría que casi me asustó.

—Ya me veía debajo de la camioneta... Santos, que cualquier día vamos a tener un disgusto como sigas conduciendo así.

Después miró a su alrededor y trató de levantarse.

Dijo que no nos preocupásemos, que afortunadamente sólo había sido un susto y que tenía que ir a la peluquería a recoger a los chicos que estaban cortándose el pelo. Luego preguntó por Jacobo. Quiso saber si había ido a casa y si continuaba insistiendo en su pretensión de casarse conmigo.

Se sintió tranquila cuando le dije que se había ido ya. Jacobo, ella lo decía muchas veces, nunca había sido capaz de ponerse en el lugar de los demás. No ofreció su ayuda al morir los padres de los niños, y tampoco lo hizo tras el accidente de mi abuela. Se despidió de mí lamentando que el momento no fuera el más indicado para hablar de nuestro futuro. Creo que era lo único que lamentaba. Olvidó que los niños eran sus sobrinos y que quizá podía haber ofrecido su ayuda a Fernanda, pero prometió volver cuando todo retornara a la normalidad.

Pese a sus protestas, porque decía que se encontraba muy bien, la llevamos al Hospital General, donde todavía estuvo cinco días en observación, pero, aparte de las magulladuras, no le encontraron nada serio, y el médico que la atendió, un señor estupendo y cariñoso, me dijo que en casa terminaría de reponerse y que volviéramos al cabo de un mes para una nueva revisión.

Hablamos el día de nuestro regreso. Mis hermanos estaban celebrando el cumpleaños de un amigo, la casa silenciosa... La abuela leía un libro junto a la ventana... ¿Cómo pudo adivinar lo que iba a decirle?

—Creo que tengo que confesarte algo...

No puedo olvidar la expresión de sus ojos cuando respondió:

—No..., por favor, no lo hagas, no me digas nada...

La sorpresa me dejó muda. Me quedé mirándola, sin atreverme a continuar, pero de pronto vi que en sus ojos brillaba aquella chispita que siempre me llamaba la atención, que la hacía parecer más joven, más llena de vida.

—Hija, hace tiempo que lo sé.

Me evitó el tener que hacer una confesión tan espantosa. Parecía como si fuera ella quien tenía que excusarse, que pedir perdón. Porque fue ella quien habló.

Fueron mis cartas, estas cartas que te escribo y que guardo en un cajón de mi mesa, la causa de que descubriera que yo no soy su nieta. Las encontró desparramadas por el suelo de mi habitación un día que los cuatro diablos estuvieron buscando el galápago de Joaquincho, dejando toda la casa en un estado tal que parecía que por ella había pasado Atila.

La abuela comenzó a recoger las cartas. No conocía mi letra y pensó que estaban dirigidas a mí, hasta que sus ojos se fijaron, sin haberlo buscado, en algo que le llamó la atención: la bufanda de Andrés.

¿Te acuerdas de aquella bufanda que tejí para mi hermano, que cada día crecía y menguaba inexplicablemente?

En aquella cuartilla yo te hablaba de ella, decía que me iría en cuanto la terminara, que escribiría a la dirección del colegio pidiéndole ayuda.

A mi pobre abuela le ocurrió lo mismo que a ti. No entendía lo que estaba ocurriendo. Tuvo que leer muchas más cuartillas para convencerse, y después no supo qué hacer. ¡Ah, José! ¿Puedes tú imaginar a una mujer tan sensata como mi abuela destejiendo cada noche aquella interminable bufanda?

—Tenía que ganar tiempo, pensar... Tal vez lo único que pretendía era tenerte más tiempo a mi lado. Después, el día aquel que dijiste a Jacobo que tú eras la hermana mayor y por tanto la responsable de los niños, supe que habías hecho la elección, y yo también hice la mía. Tú serías mi nieta, fueras o no la hija de mi hijo.

—Pero la carta... ¿Qué fue de aquella carta?

—¿La carta? La rompí... La hice mil pedazos que después arrojé al río. Pero no creas que me fue fácil. El remordimiento no me ha dejado vivir en todo este tiempo. Aquellos ojos tuyos asustados, cuando todavía esperabas una respuesta del colegio...

tu entrega a los niños y a mí... Y ese estúpido Jacobo, siempre rondando a tu alrededor mirándote con ojos alelados... ¡Es tan listo! Un día me dijo que era sorprendente que no tuvieras acento argentino. Tenía razón, aunque yo nunca lo había pensado. Tuve que decirle que tu madre y tú llevabais ya años residiendo en España, aunque yo no lo supiera. Señor, Señor... ¿Cómo he podido hacer esto contigo, verte sufrir sin decirte que no había motivo, que también yo quiero seguir a tu lado? Y el caso es que pensé muchas veces en hacerlo. Sobre todo el día que me dijiste que ibas a empezar a trabajar en la fábrica. ¿Es que podías hacer más de lo que ya habías hecho? Fernanda, le dije un día hace ya mucho tiempo, esta chica se ha metido a los niños en el bolsillo... ¿Te has fijado en que los quiere?

—¡Ah!, señora, que la sangre no es agua —me contestó—. Y te confieso que me sentí avergonzada, porque creo que nadie ha dado a estos niños lo que les has dado tú, que no tienes una sola gota de su sangre.

Yo la escuchaba muda. ¿Por qué no podía hablar, si hubiera querido decirle que nunca había sido tan feliz, que era yo quien debiera ponerse de rodillas a su lado?

Me sentía liberada de aquel peso enorme del que tantas veces me he lamentado y, sin embargo, no podía decir una palabra.

Pero era ella, la abuela, quien quería decir mucho.

Y me habló de cosas que nunca me había contado. De sus dos maridos, elegidos por su padre, porque no eran tiempos aquellos en que una hija discutiera a sus padres, que eran quienes sabían lo que convenía a la chica y a la hacienda...

—Y el caso es que no me fue mal... Fui feliz con los dos, aunque a mí me gustara el farmacéutico cuando me casé con Víctor, y hubiera preferido seguir siendo su viuda cuando tuve que casarme con Gabriel.

Pero las dos veces cedí, como han cedido siempre las mujeres de mi tiempo, porque la fábrica y los frutales eran más importantes que el amor, que mi propia dignidad... Después, estaba tu padre, mi hijo; me hizo sufrir mucho cuando decidió dejar la casa y el negocio para marchar tras aquella actriz argentina, aunque en el fondo lo envidié porque tuvo el valor que yo nunca tuve. Se casó con ella y tuvieron una hija a la que no conocí. Mi hijo se cansó y regresó a España sin la esposa y sin la hija.

Me dijo que venía dispuesto a trabajar y a rehacer su vida, pero dejó el negocio en manos de Julián para tener él más tiempo libre para cazar y participar en los rallies, que era lo suyo. Menos mal que al menos se casó con Eloísa, aunque dieron mucho que hablar en el pueblo porque lo hicieron en el juzgado, pero eran mayores de edad, y después los chiquillos llenaron la casa, alegraron mi vejez, aunque nunca olvidé a aquella otra nieta, la única mujer de la familia, y un día recibí su carta. Bueno, era una carta para su padre. Pero mi hijo y mi nuera habían muerto en el incendio de un hotel de Zaragoza... Aquella carta fue para mí como una bendición del cielo. Le contesté enseguida diciendo que la esperaba, pero su respuesta fue como un jarro de agua fría para una vieja abuela. Nunca le habían hablado de mí y, puesto que su padre había muerto, no veía la necesidad de reunirse conmigo. Prefería regresar a su país. Ni siquiera una palabra de afecto. Ni siquiera curiosidad por conocerme... Te aseguro que mi primer impulso fue decirle que hiciera su santa voluntad, porque bastante tenía yo aquí con estos cuatro. Había sido un poco ingenua al pensar que vendría a mí con los brazos abiertos. No se puede querer a quien no se conoce y seguramente nada teníamos en común, pero era la hija de mi hijo, estaba sola en el mundo y yo no podía consentir que trotara por él sin un apoyo. Insistí en que viniera, y su tercera carta no fue un jarro de agua fría.

Fue una ducha helada. Había consultado con su abogado, quien le había dicho que debía venir, ya que era menor de edad y yo su único pariente, pero su intención era partir a Buenos Aires tan pronto cumpliera los dieciocho años. Ya ves... Ni tan siquiera esto iba a salirme bien en la vida.

Y mi abuela suspiró hondo, su mano se apoyó afectuosa sobre el brazo que yo tenía encima de la mesa camilla que había entre nosotras.

—Sin embargo, cuando tú y yo nos conocimos pensé que lo nuestro podía funcionar. Sólo en aquellos momentos tuve la impresión de que eras otra. De que no eras la misma que había escrito aquellas cartas, que alguien lo había hecho por ti. Tú, perdona que te lo diga, hija, pero eras algo apocada. No te veía consultando a un abogado sobre tus derechos. Más bien parecía que ignorabas que podías tener derecho a algo... ¡Pero me gustaste tanto! Entraste en mi vida de un modo tan natural. Un poco asustada al principio, claro, y tu silencio me gustaba. Me parecía la mejor manera de conocernos, de descubrir que seguramente teníamos algo en común que merecía la pena vivirlo juntas...

La interrumpí por primera vez en su relato.

—¡Si María lo hubiera sabido! Si hubiera sabido lo mucho que teníais en común... —dije recordando que de aquello era precisamente de lo que ella me había hablado en el tren.

La abuela me miró. Parecía como si despertara.

—Seguramente... Pero ahora pienso como ella, que no es la sangre sino la convivencia la causa del afecto. Y con quien yo he convivido ha sido contigo, María. Sin embargo, yo no quiero retenerte si tú no lo deseas. Demasiado tarde me he dado cuenta de que he hecho contigo lo mismo que siempre hicieron conmigo. Una vez quisiste volverte atrás y yo no te dejé, torcí tu destino. Quise por una vez en la vida hacer lo que yo quería. No elegí marido, acepté siempre la voluntad de mi hijo, fuera o no de mi agrado, me hice cargo de mis nietos cuando ya no tenía fuerzas para ello... Y un día tuve la oportunidad de decidir y la decisión eras tú. Seguramente soy la única abuela del mundo que ha elegido a su nieta, pero ¡a qué alto precio! ¡Pensar que podía haber muerto dejándote en una situación tan terrible!

¿Te das cuenta, José? A mí ni un solo reproche.

Parecía como si ella fuera la única culpable, y todavía quería que yo, ¡yo!, fuera la que decidiera sobre nuestro futuro, y yo..., yo, ¿qué es lo que quería, sino vivir a su lado?

No sé qué podía asombrar más a mi abuela, si el ingrato silencio con que iba acogiendo sus palabras o el llanto silencioso que descubrió al mirarme.

—¡No digas que estás llorando! Es una tontería que lo hagas ahora que hemos aclarado las cosas y podemos ser tan felices.

—Me he portado tan mal contigo... Yo no tenía ningún derecho...

—¿Lo ves? Tú nunca crees tener derechos. También yo me he portado mal y, sin embargo, no lloro. Debe de ser que la vida me ha endurecido.

Pero yo estoy segura de que lloraba, que intentaba contener las lágrimas, seguir siendo la mujer fuerte de toda la vida, pero cuando todavía cojeando un poco salió al jardín, la oí suspirar por el pasillo. Después se sentó en uno de los sillones de mimbre, y te asombrarás cuando te diga lo que hizo, porque mi abuela tiene ya setenta y dos años, y de pronto se puso a silbar. Y lo hacía con cierto entusiasmo, entonando aquel fragmento de Copelia que tanto le gusta tocar al piano.

Está contenta, José, y cuando pienso que yo soy la causa de este contento, saltaría de alegría, porque ahora sí que soy feliz y porque creo que no he merecido tanto.

Los Teobaldos, 20 de junio

Querido José:

No sé qué ha sido de ti, porque desde la noche de la tormenta no he vuelto a verte. Quizá te has ido de vacaciones y no me he enterado. He tratado de encontrarme contigo yendo tantas veces a comprar aspirinas a la farmacia que hay frente a tu casa, que el farmacéutico ha terminado diciendo que pruebe ahora con el Veramón o que me saque de una vez esta maldita muela.

Me gustaría tanto poder contarte todo lo que ha ocurrido... Pero no me atrevo a preguntar por ti ni a llamarte por teléfono, que además lo tenemos estropeado, y nos da tanta vergüenza llamar a la Compañía para que lo arregle que lo vamos dejando un día y otro día. Y es que son ya dos veces en tan poco tiempo...

Primero se le rompió a Andrés. Era un día que llovía mucho y, ante la imposibilidad de hacerlo en la calle, no se le ocurrió otra cosa que ponerse los patines dentro de casa. Después dijo que el suelo era demasiado resbaladizo y que se había caído por eso, y aunque no se hizo daño arrastró en su caída la mesita del teléfono, que se partió en dos.

Llamamos a la Compañía para que nos cambiaran el aparato, y elegimos además uno de pared, para evitar nuevos accidentes, pero nos duró poquísimo. Esta vez la causante del destrozo fue Fernanda. Dijo que le dio un vuelco el corazón al ver revolotear aquel enorme moscardón en el recibidor, porque lo mismo había ocurrido el día en que murieron los señoritos en el incendio y que estaba segura de que era un mal presagio, así que sin pensarlo más lanzó contra el teléfono un antiguo calentador de camas que cuelga como adorno bajo las escaleras, y no se partió en dos, sino en tres pedazos.

La abuela la puso verde. Le dijo que un cristiano no puede creer en semejante barbaridad y que eso eran simples supersticiones, por lo que Fernanda, muy ofendida, hizo la maleta aquella misma noche y me hizo llevarla a la residencia, aunque estoy segura de que la causa no era la bronca de la abuela, sino el temor a la desgracia que estaba segura iba a acaecer sobre nuestra casa, y no quería que la cogiera a ella bajo su techo.

Pero el caso es que seguimos sin teléfono. Quizá dentro de unos días aquel técnico tan antipático nos haya olvidado y no nos ponga ningún inconveniente para cambiarlo. Es que hay que ver la cara que puso cuando vio que además de partido en dos, estaba pintado de amarillo. Decía que a ver con qué cara entregaba él aquello a su jefe.

Pues vaya... lo que le dijo la abuela, ni que fueran a descontárselo de su sueldo.

Los Teobaldos, 21 de junio

Querido José:

Ya no vamos a Castro Urdiales. Vamos a ir a Madrid. Vive allí un juez, amigo del abuelo Víctor, en quien mi abuela tiene gran confianza. Está empeñada en aclarar mi situación legal y además quiere adoptarme. No estoy segura de que esto pueda hacerse, y además tampoco me importa mucho. Tengo su cariño y eso me basta, pero a ella le preocupa mucho mi futuro.

Los Teobaldos, 24 de junio

Querido José:

He recibido una carta tuya. No sabía que hubieras estado enfermo, y eso que estas noticias suelen saberse enseguida en el pueblo.

Es una carta muy larga y la he leído muchas veces.

La llevo en el bolsillo, y de vez en cuando llevo a él mi mano para tocarla. Es la primera vez que tengo algo tuyo, y esto me hace muy feliz.

Además, voy a verte. Esta tarde voy a verte y te miraré sin miedo, a pesar de que no llevaré las gafas redondas de fina montura dorada, que desde el día que hablé con mi abuela no he vuelto a ponerme.

Cuando termine esta carta te escribiré otra. Una carta normal que tú vas a recibir, porque te la llevará mi hermano Andrés, no como este gran montón de papeles que se ha ido acumulando en el cajón de mi mesa y que tú no tienes idea de que existe.

En ella voy a decirte que sí. Que puedes venir a casa porque quiero salir contigo, pasear por el soto o la alameda, ir al cine, ¿qué más da, si cualquier lugar es bueno para estar contigo? Pero antes de darte mi respuesta, he querido escribirte la última de estas cartas que empecé hace tanto tiempo como consuelo de mi soledad y que pienso que han sido la causa de que ahora sea tan feliz, porque un día mi abuela tropezó con ellas.

Será la última, José, porque ahora tengo la tuya, tan real, tan llena de esperanza... ¡Me dices tantas cosas!

Que si he seguido tu consejo y algo ha salido mal siempre estarás a mi lado, dispuesto a ayudarme, que si no tengo valor para hablar con la abuela y quiero continuar como hasta ahora respetas mi decisión, en fin.

Pero ¿sabes? En toda tu larga carta, hay una frase que destaca sobre todo lo demás, que parece brillar, porque, cada vez que desdoblo los folios, es lo primero que veo:

"¿Cómo pude no conocerte, si junto a ti sentía lo mismo que siempre sentí junto a Teresa?"

Y es que una vez, nunca podré olvidarlo, me dijiste que yo te recordaba a alguien, a alguien a quien quisiste mucho. ¿Lo recuerdas? Si supieras cuántas veces he pensado en aquellas palabras tuyas…

Y en ellas seguiré pensando ahora, mientras escriba la otra carta, corta y convencional… corta y convencional porque tú no imaginas, José, el cariño que puede encerrar el anticuado saludo: Estimado José.

ÍNDICE

Teresa 5

María 11

Teresa 13

José 119